講談社文庫

新装版
壺《こ》中《ちゅう》の天

鬼籍通覧

椹野道流

講談社

目次

新装版　壺中の天　鬼籍通覧

一章　おそらくはどうでもいいこと

七月某日の朝。大阪府T市O医科大学法医学教室のセミナー室に、息絶え絶えで入ってきたのは、大学院生の伊月崇《いづきたかし》であった。

「お……はよ……」

極端に朝が弱い伊月であるが、今朝は特にひどい。

ピタピタのブラックジーンズにこれまた身体にピッタリした龍の模様のど派手なシャツ……そんなアバンギャルドな服装をしているくせに、ヨロヨロと歩く姿はまるで足腰の衰えた老人のようだ。

秘書の住岡峯子《すみおかみねこ》は、自分の席から呆れたような視線を伊月に向けた。

「おはようございます。どうしたんですにゃ、伊月先生」

「ち……ちょっとな」

ようやく自分の席に辿り着いた伊月は、うっと呻いて顔を顰《しか》めつつ、椅子に腰を下ちょうどそこへ、助手の伏野《ふしの》ミチルが、実験室から戻ってきた。

「おそよう。……って、何、そのくたばりようは。まだ水曜日、週の半ばよ？」

呆れ顔でそう言いながら、ミチルは自分の席でパソコンを立ち上げた。

教室には二台のパソコンがあるが、いずれもマッキントッシュである。

ミチルは教室でただひとりのウィンドウズ派なので、自分の机の横にパソコンラックを置き、そこにデスクトップパソコンとプリンタ、スキャナ、それに外付けハードディスクを積み上げていた。ちょっとしたサイバーステーションの趣である。

先月、教室員には一台ずつマッキントッシュのノートパソコンが貸与されたのだが、ミチルはそれには触れもせず、パソコンラックの最下段に放り込んでしまった。

お気に入りのマシンに向かい、朝のメールチェックをしながら、ミチルは伊月に声を掛けた。

「昨日は早く帰ったじゃない。どうしたの？　ホントに具合悪いの？」

「いや……昨日早くフケたのは、筧《かけい》と飯食う約束してたからなんすよ」

伊月は机にべったりと顔を伏せ、くぐもった声で言った。長い髪が、簾《すだれ》のように顔を覆い隠している。

筧の名を耳にするなり、峯子は興味深そうに伊月のほうへ顔を突き出した。

T署の新米刑事の筧は、伊月の幼なじみである。この春、偶然、刑事と法医学者という関係で再会してから、二人はしょっちゅう会って食事をしたり酒を飲んだりしているようだった。

そしてまた筧は、刑事課の使いっ走りとして、しばしば伊月の職場のほうにもやってくる。長身で、そこそこハンサムで、そしてなにより人懐っこい笑顔の持ち主である筧は、たちまち法医学教室の最も歓迎される客人となった。

「筧さんがどうかしたんですかあ?」

それまで黙っていた技術員の陽一郎《よういちろう》も、ロッカーの端からヒョイと顔を出した。どうやら、本棚で資料でも漁っていたらしい。

「どいつもこいつも、筧のことになったら興味津々だなあ」

伊月はちょっと顔を上げ、うんざりしたように細い眉を顰《ひそ》めた。そして、再び腕の上に顔を伏せて言った。

「それが、目当ての店がちょうど満席でね。席が空いたらスマートホンに電話してくれって店のおばちゃんに頼んで、近くのゲーセン行ったんですよ」

「ゲームセンターって……ああ、あのセンター街のすぐ北の?」

ミチルがパタパタとキーボードを叩きながら問いを挟む。

うう、と呻くように伊月は頷いた。

「シューティングか何かにしようと思ってたのに、筧の野郎が、懐しいからDDRをやろうって言うから……」

「DDRって何ですか？」

いつの間にか近くまで来ていた陽一郎が、細い首を傾《かし》げる。きわめて華奢な骨格をした彼は、教室の誰よりも少女めいて見える不思議な青年だ。

峯子もとうとう席を立ち、陽一郎の横にやってきた。

「ダンス・ダンス・レボリューション。曲に合わせて、ステップを踏むゲームよ。知らないの、陽ちゃん。確かに、流行ったのはずいぶん前だけど」

「ステップを踏むゲーム？」

「目の前の画面に、音楽に合わせて矢印がいっぱい出るの。ステージの中央に立って、その矢印の方向どおりに、立ち位置の前後左右の矢印を踏みまくる……そんな奴。見たことない？」

「ああ、それ。テレビで芸能人が大騒ぎしながらやってるの、見たことありますよ。踊るみたいにして矢印踏んでくゲームでしょ。面白そうでしたけど、やったことはないですね。難しいのかな」

「難しいわよ。リズム感と反射神経が両方いるんだもん。私はプロだったけど！」

「へえ、凄いなあ峯子さん。僕、ゲームセンターなんて行ったことないですよ」

峯子は得意げに胸を張る。陽一郎は、そんな峯子を素直な尊敬の眼差しで見た。

「今度、僕も連れてってくださいね。あ、みんなで行きませんか？　僕、筧さんと伊月先生のＤＤＲってのも見たいです」

「見せるかよ！」

伊月はやけっぱちの勢いで顔を上げ、峯子と陽一郎を睨みつけた。

「筧の野郎、これ見よがしにピョンピョン跳ねやがって。全然手加減しやがらねえんだぜ？　並んで一緒にやってる俺の立場がねえじゃん。我ながら、マサイ族の横でオタオタしてる蛸みたいな気分だったぜ」

「……ぷっ」

その光景を想像したのか、峯子は吹き出しかけ、慌てて口を両手で押さえる。

「ムキになって、飯食うのも忘れて熱中してたら……今朝、起きた瞬間に身体がバラバラになったかと思った。全身すげえ筋肉痛でやんの」

「馬鹿ねえ」

ミチルはクスクス笑いながら、隣席の伊月の頭をグシャグシャと撫でた。

「筧君は、日頃から運動して鍛えてるのよ？　もやしッ子の伊月君が勝てるわけないじゃない」

「だってミチルさん。DDRなんて、体力なくてもできそうじゃないですか。ヒラヒラ飛び跳ねてりゃよさそうで」

「でも、そうじゃないってことを、身体で思い知ったわけだ？」

「……ま、そうです。俺、リズム感ないのかなあ。いやそんなこたぁないよな。クラブじゃ、ちゃんと踊れてるもんな。あーあ、でも今日は解剖が入ってなくて、マジよかったっすよ」

「今のところはね」

ミチルはそう言って立ち上がった。

「今のうちに何か仕事を見つけて、大忙しになっておきなさい。暇にしてると、必ず解剖が入るんだから」

そんな不吉な台詞《せりふ》を残して、彼女は軽い足取りでセミナー室を出ていく。伊月はそんなミチルの背中を見送り、大袈裟に肩を竦《すく》めてみせた。

「大忙しったって、そんな急に仕事はできないよ。俺ここの職員じゃねえもん、学生だもん。しんどいときには怠けたっていいよな？」

「僕にそんなこと訊いたって知りませんよ。僕は職員だもの」

陽一郎は薄情にそう言って、ミチルの後を追うように部屋を出ていってしまった。

「私も職員だから知りませんにゃ。っていうか、伊月先生、暇になれるわけないじゃないですか」

「あ？　なんでだよ？」

峯子は、壁掛け時計を指さした。

「都筑《つづき》先生、もう講義に行っておられます」

「……あ！」

伊月は文字どおり椅子から飛び上がった。

「そうだった！　もっと早く言ってくれよ。おいネコちゃん、講義何時からだっけ？」

「んもう……何度言ったらわかるんですか。八時五十分からです。ちなみに、休み時間も、めんどくさいからこっちに戻ってこないって言っておられましたよ」

「うはー。もう九時半過ぎてんじゃん。起きたとき、何か忘れてる気がしたんだよなあ。参った。講義だったぜ。……一時限目は大丈夫だよなあ、俺いなくても」

「いつも行ってらっしゃる伊月先生のほうが、それはよくご存じだと思うんですけど」

峯子は呆れ果てた口調で返事して、電子レンジの下にある戸棚から、スライド用のマガジンを二つ取り出した。気前よく腰を折り曲げるので、白衣を着ないミニスカートの下からいろいろ覗けてしまいそうである。

伊月は痛む腰を叩きながら、主のいない教授室に入り、スライドの入った箱を持って出てきた。「窒息」と分類項目が記された緑色の大きな箱を、セミナー室のテーブルの上で開く。

「うひょー。窒息のスライドって、山ほどあるな」

箱の中にぎっしり詰まったスライドを、伊月は片っ端から猛然とマガジンに詰め始めた。講義には意識的に古い症例写真を使うのだが、そうした写真はまだデータ化が追いつかず、スライドの形状で保管されているのだ。

都筑教授は、毎週水曜日の午前中いっぱい、三年生の法医学の講義を受け持っている。ごく数回ミチルが講義を担当するが、ほとんどは都筑がひとりでこなす。

教室の「末っ子」である伊月の仕事は、都筑の講義内容をノートに書き留めること、そしてスライドを映写することだった。

「これまでは私の仕事だったんだけど、これからは、次の新人が来るまで伊月君の役目ね」

最初の講義日の前日、ミチルはやけに嬉しそうにそう言って、伊月の前に大学ノートを置いた。そこには、数年分の講義記録が、ミチル独特の四角い字で、ギッシリと書き込まれていた。

「あの……俺べつに嫌だって言いたいんじゃないんすけど。でも訊いていいすか？」

パラパラとノートを見た伊月は、不審げな顔つきでミチルを見た。

「何？」

図書館で漁ってきた文献のコピーをホッチキスで留めながら、ミチルは答える。

「毎年ほとんど同じ内容じゃないですか、これ。それに、試験問題作るのは、ほとんど都筑先生なわけっしょ？　こんなマメに、何もかもを俺たちがノートとる必要ないんじゃないかって思うんですけど」

「まあね」

ミチルは苦笑して言った。

「だけど、証拠が必要なのよ」

「証拠？」

「テストをするとね、『こんなこと教えてもらってません』って文句言ってくる学生がときどきいるの。その子たちに『いいえ、○月×日にちゃんと講義してますよ』ってこのノートを突きつけてやる必要が生じるわけ」

「うわあ、暗ぇ」

呆れたような伊月の口調に、ミチルも笑いながらこう付け加えた。

「まあね。それと、もう一つノートをつけることの効能があるのよ」

「効能？　俺たちに？」

「そ。少なくとも、書いてる間は、寝ちゃって学生に笑われることはないわ」

「な……なるほど」

伊月は感心半分呆れ半分で、ミチルから恭しく講義記録用ノートを受け継いだのだった……。

峯子に手伝ってもらい、大量のスライドをマガジン二つに収めた伊月は、早足で実習棟に向かっていた。

都筑教授の午前の授業は、一時限目から三時限目までを使って行われる。昨年まで、一時限九十分だったので二時限ですんでいた講義が、今年から一時限六十分に短縮されたので、一時限増えたのだ。

時間短縮の理由は、単純に「学生の集中が続かないから」だそうだ。馬鹿げた話だ、と伊月は思う。

(たかだか九十分集中できねえで、どうやって将来オペやる気なんだかな)

確かに自分がすべての講義を集中して聴いていたかと問われれば、とても胸を張ってそうだと答えることはできない。それでも、自分が必要だと思った講義に関しては、必死で眠い目をこじ開けて聴いた記憶がある。

今の若者は……とことあるごとに大人たちは言うが、若いうちは、その気になれば何だってできるのだ。それこそ、加齢と共にさまざまな能力を失っていく大人たちと違って、機会さえ与えられたら、どんなふうにでも可能性を広げていけるのだ。

「講義でもなきゃ、無理矢理何かに集中することなんてないのによ……」

伊月は、薄ら寒い渡り廊下を、白衣の肩を窄《すぼ》めて歩きながら、愚痴めいた口調でこぼした。

「できねえできねえって頭から決めてかかって甘やかすから、だんだん駄目になってくんだよ。今の大人のほうが全然ダメダメだよなあ……あ！」

かっこよく台詞を決めたところで、実習棟のほうから学生たちがゾロゾロ出てきたのを見て、伊月は足を速める。一時限目が終わって、十分間の休憩時間に突入したのだ。

都筑は、講義室の外のロビーのベンチに、ポツリと腰掛けていた。小柄で驚くほどやせっぽちな彼は、白衣を着ていなければ学生に紛れて見えなくなってしまいそうだ。

「すいません先生。ちょっと調子悪くて遅くなりました」

開口一番そんな言い訳を口にして頭を掻いた伊月を、都筑は細い目をパチパチさせて見上げた。

「あ？　ああ君、おらんかったんか。いっつも学生に埋もれてしもてるから、気ぃつかんかったわ」

そう言って笑いながら、都筑は伊月を咎めもせず、こう訊ねた。

「なあ君、小銭持ってへんか？　コーヒー飲もうと思たら、文無《もんな》しやったんや」

「あーあ。ありますよ。ブラックでいいですか？」

「いんや。ミルクと砂糖、増量や。朝飯抜きで来てしもたからな」

「そんなんじゃや、昼まで保《も》ちませんよ。先生細いんだから」

自分の体格は棚に上げて、伊月はジーンズのポケットからジャラジャラと小銭を出し、自販機のコーヒーを二つ買った。

「どうぞ」

「ああ、ありがとうさん」

都筑に紙コップを手渡し、伊月は彼の隣に掛けてコーヒーを啜《すす》った。伊月自身も朝から飲まず食わずだったので、熱くて甘いコーヒーが胃に染み渡るようだった。

「で、どないしたんや。腹出して寝とって、下したんか？」

都筑にろくでもない推測をされ、伊月は慌ててかぶりを振った。

「ち、違いますよ。ちょっとしたスポーツで、筋肉痛です」

「へえ。君がスポーツなあ。ま、ええこっちゃ。君はもう少し体力つけたほうがええわ。そんな細っこい腕では、肋骨も十分に切られへんやろ」

「……う」

反論の余地もないコメントに、伊月は悔しげに薄い唇をへの字に曲げる。

確かに、解剖時の「肋軟骨が硬くて切れない率」は、伊月がいちばん高い。倍以上も年上の清田《きよた》技師長に、いつも手伝ってもらうていたらくなのだ。

「さて、ほな講義始めよか。二時限目からはきちんとノートとってや」

「すいません」

都筑の手から空の紙コップを受け取り、伊月は自分のと一緒に重ねて、ゴミ箱に放り込んだ。

「先生、スライドはどうします？」

「うーん、キリのええとこでやるから、準備しといて」

「わかりました」

そこで、講義室の前方入り口から入っていく都筑を見送り、伊月はマガジンを抱え、後方の入り口から講義室に入った。

後ろのほうの机に置きっぱなしのスライド映写機に、マガジンを取り付け、きちんと動くことを確認する。

そして伊月は、映写機の脇にノートを広げた。途端に、後ろから尖ったもので背中をつつかれる。シャープペンシルか何かだろう。けっこう痛い。

「……あ？」

ムッとして振り向くと、学生が、罪のない気楽そうな笑顔で問いかけてきた。

「センセ、出席用紙まだ？」

「まだだよバーカ」

「配るん？　こないだみたいな肩すかしはナシやんね？」

「俺が知るかよ」

無愛想に言い返し、伊月は前に向き直った。

学生たちのざわめきはおおよそ静まり、都筑はワイヤレスマイクを白衣に取り付け、教卓に両手をついた。

「ほな、始めよか。さっきの時間に、窒息の概念を摑んでもろたところで、今度は窒息を来すような状態を、一つずつ説明していく。まあ、呼吸が止まったらええんやから、どんなふうにでも窒息はできるんやけど、法医学的に代表的なものからいくで」

都筑は達筆である。黒板にサラサラと書き付けた文字は、「縊死《いし》」「絞死《こうし》（殺）」、そして「扼殺《やくさつ》」であった。

「どれがどれかようわからんようになる学生さんがたまにおるけど、字の意味考えたら一発でわかるな。平たく言うたら、縊死は首吊り、絞死は首絞め、扼殺は手でくびり殺すっちゅうわけや」

伊月は学生以上に熱心に、都筑の言うことを漏らさず書きとめた。

（まったく……ミチルさんの言うとおりだぜ）

伊月は講義のたびに、ミチルの「少なくとも書いてる間は、寝ちゃって学生に笑われることはない」という言葉を思い出さずにはいられない。

都筑の声の調子には、どこか人を穏やかな気分にさせる作用がある。解剖後、遺族に説明を行うのにはこの上なく適しているであろうその声も、講義中は聞く者を眠りの世界に誘う厄介な代物だ。

伊月もいつも負けそうになるのだが、そこで必死になってノートを取り、なんとか意識を保っているのだ。

（学生はいいよなあ、何の遠慮もなく爆睡できてよ）

勝手なもので、自分も学生時代、同じことをしていたにもかかわらず、教えられる立場から院生という半ば教える立場になったとたん、学生のそうした無神経な振る舞いが気に障る。

テストの採点は思いきり厳しくしてやろう、そう思いつつ、伊月は肩凝りをほぐしつつ、カリカリとペンを走らせるのだった……。

＊　　＊

そして、伊月にとっては睡魔との間断ない戦いの連続であった講義が、ようやく終わった。

「はー、疲れたなあ」

一時限終わるごとに短い休憩を取るとはいえ、ほとんど三時間喋りっぱなしの都筑である。さすがに疲労した様子で、首をコキコキ鳴らした。

「お疲れさまです。何か力のつく昼飯、食ってくださいよ」

マガジンを二つ積み重ね、その上にノートとレーザーポインターを載せたものを抱えた伊月は、そう言って笑った。

学生たちは、伸びをしたり友達と話したりしながら、昼食をとるべく実習棟を飛び出していく。その人の流れを横切るようにして、都筑と伊月は渡り廊下を並んで歩いた。

「昼飯、持ってきたんか？」

「いえ、べつに」

「ほな食いに出ようや。伏野先生も一緒に」

「そうっすね。また蕎麦屋《そば》ですか？」

「蕎麦屋やのうてええて。せや、センター街に旨いパスタ屋あるて言うてたやん、君ら。連れていってくれや」

「ああ、『ペペ・ロッソ』ですか？　いいっすよ。あそこのアマトリチャーナ旨いですから」

「アマトリチャーナて何や？」

「トマトソースにベーコンぶち込んだ奴。旨いっすよ、オリーブオイルが利いてて」

「オリーブオイルって、下痢せえへんか？　食うたら」

「しませんよ。……飯食うときに、絶対そんなこと言わないでくださいよ。ミチルさんに殺されます」

「ははは、そらかなわん」

そんな他愛ない話をしながら、二人はセミナー室に帰り着いた。

「お帰りなさい。お疲れさまでした」

テーブルで弁当を広げていた峯子が、扉が開いた音に慌てて立ち上がり、都筑の手から出席用紙の束を受け取った。ついでに、伊月の抱えた荷物から、レーザーポインターだけをヒョイと回収する。

伊月はマガジンをテーブルにどんと置き、ノートを持って自分の席に戻った。

「お疲れ」

隣の席で、ミチルは暇そうに座っていた。おそらく、午前中の作業を片づけて、伊月が帰ってくるのを待っていたのだろう。

「昼、どうすんの？」

「都筑先生が、『ペペ・ロッソ』行ってみたいって。ミチルさんも行きます？」

「二人きりじゃ間がもたないんでしょ」

「ま、ね」

伊月は苦笑いで頷いた。べつに都筑が苦手なわけではないのだが、上司と顔をつきあわせて食事というのは、どうにも気詰まりな伊月なのである。

「行くわ。けっこうパスタって気分ではあるし」

ミチルは身軽に立ち上がり、鞄から財布を抜き出した。

「行こか」

教授室から、白衣を脱ぎ、手を洗った都筑が出てきたので、三人は峯子に送られ、教室を後にした。

「あ、私お金ない。銀行寄らせて！」というミチルのために近くの銀行を経由し、「あ、ちょっとメモリースティック買わんと」という都筑のために家電量販店に立ち寄り、三人は少し回り道して、地元商店街であるセンター街の中程にある店に向かっていた。

……と。

ちょうど大衆食堂が揚げ物や弁当の露店を出しているあたりに、人だかりができている。

「何だ？　これじゃ通れねえよ」

「何か特別な露店でも出てるのかしら」

三人は足を止め、顔を見合わせた。だが見た限り、人々が何かを買っている様子はない。皆、大衆食堂の向かいにあるゲームセンターの中を覗き込んでいる様子だった。

「ゲーセンの中で何かあったのかな」

「あれ？　タカちゃん!?」

伊月が背伸びして人混みの向こうを見ようとしたとき、人混みの中から、ふと聞き慣れた声が聞こえた。伊月を幼少の頃の愛称である「タカちゃん」で呼ぶ人間は、今や世界にただひとりしかいない。

「筧……てめえ、天下の公道で、俺をその名前で呼ぶな！」

伊月は眉をキリリと吊り上げて、人混みを掻き分けるようにして目の前に突然現れた大男を睨みつけた。しかし時すでに遅し、周囲の好奇の眼差しは、しっかり伊月に集中している。

「あ、堪忍」

それは、今朝教室員の間で話の出た、T署刑事課の新米刑事、筧兼継《かねつぐ》その人であった。勤務中らしく、見るからに安物だが趣味は悪くないモスグリーンのサマースーツを着て、ネクタイをきっちり締めている。

「今は伊月先生って呼ばんとアカンのやった。都筑先生も、伏野先生も、こんにちは。皆さんお揃いで」

「おう、ここんとこご無沙汰やな、筧君。どないや、元気でやっとるか」

「はあ、元気にやってます」

「こんにちは、筧君。昨日の武勇伝は聞いたわよ」

都筑に頭を下げた筧は、ミチルの一言に照れ臭そうに頭を掻き、ふと不思議そうに首を傾げた。

「せやけど、電話もしてへんのにようわかりましたね。あ、それとも係長か誰かが電話したんかな」

「何が？」

ミチルに問われ、筧は困惑の体《てい》であれれ、と言った。

「もしかして、現場見に来てくれはったんと違うんですか？」

「はあ？　お前何言ってんの」

伊月は呆れたように親友の人の良さそうな顔を覗き込んだ。

「俺たち、これから昼飯食いに行くんだぜ？　何が現場だよ。ここで何かあったってのか？」

「そうやねん、実は……」

筧が説明を始めようとしたとき、人混みから飛び出してきたのは、彼の上司、中村《なかむら》警部補であった。

「筧！　お前何やっとんじゃ。野次馬抑えとけて……あ、先生がた。えらいまあ、鼻の利く……。今、電話しようと思うとったんですわ」

いつもお洒落な中村警部補は、解剖室でさえカラフルな上着を着ていることが多いのだが、今はオリーブグリーンの、「ちょっと普通の人は着ないような」派手なスーツ姿だった。えんじ色のネクタイが、いかにも気障《きざ》な雰囲気である。

都筑は小さな目をパチパチさせて言った。

「君ら二人して、何言うてるんや。僕らホンマに、昼飯食いに行く途中なんやで。ここ通られへんから、難儀しとったとこや」

「へえ。そら偶然でしたな」

かえって呆気にとられたような顔をした中村警部補は、しかしポマードできっちりセットした髪を両手で撫でつけ、愛想のいい笑みを浮かべた。

「ほな、飯の前にちょっと見ていってくださいや。まあ事故やと思うんですけど、一応先生んとこに午後からお願いすることになるホトケですわ」

「飯の前に、そんなん見たないなあ」

「そない言わんと。さ、どうぞどうぞ。筧、ご案内せんかい」

「はいっ。どうぞこちらへ！」

筧は、野次馬を両腕で押しのけ、三人のために道を開く。

都筑と伊月、そしてミチルは思わず顔を見合わせた。一瞬の沈黙の後、口を開いたのは都筑であった。

「何やようわからんけど、とにかくそう言うんやったら見せてもらおか」

「……そうですね。昼ご飯前に軽くね」

ミチルは肩を竦め、唇の端をちょっと歪めて笑う。

「んげー。今日は解剖ないと思ってたのに。それに俺、全然暇してなかったのに！」

伊月の台詞の後半は、今朝のミチルの言葉に対する嫌味である。ミチルは知らん顔で、伊月の背中を押した。

「うるさいわね。さ、諦めて行きましょ。とっとと済ませて、ご飯ご飯！」

「くっそー」

悪態をつきつつも、興味がないといえば嘘になる。伊月は都筑の後について、ゲームセンターの中に入った。

三人とすれ違うようにして、制服姿の警官たちが、青いシートを持って入り口に向かう。きっと、野次馬たちの視線を遮るために張るのだろう。筧も、店内には入らず、外に引き返していった。

「こっちです」

中村警部補は、三人を一階の向かって左奥へ連れていった。そこには、数人の警察官と鑑識とおぼしき人々が、忙しく立ち働いていた。

「あ、ここにもDDRの台がある」

伊月が、さっきまでの仏頂面を忘れ、警察官たちが取り囲むその「マシン」に近づいていく。それはまさしく伊月の言うとおり、「ダンス・ダンス・レボリューション」の台であった。そして、ステップを踏むステージの上に、ひとりの女性が倒れていた。つまり、それが「ホトケ」である。

仰向けに倒れたその女性はまだ若く、事務服を着ていた。そして、女性の頭部からは、血液がポタポタとゲームセンターの床に滴り、大きな血溜まりを作っていた。

「……どういうことですか？」

ミチルは思わず中村警部補に問いかける。彼は、手帳を開きつつ答えた。

「詳しいことはこれからなんですけど、まあこれまでにわかったことをお話ししますわ」

都筑は、腕組みしてじっと遺体と中村警部補を見比べている。

「女性の身元は現在調査中ですが、すぐわかると思います。こんな服着て来るんやから、きっと近くの会社か事務所で働いとる娘さんでしょうし。その辺のことは、ホトケさんをそちらへ持っていく時、詳しくお知らせします」

「そうやな。そんで、今わかってることはどのくらいあるんかな」

「そうですなあ。まず発見状況ですがね、こちらの覚知が午前十一時四十一分です。発見は、十一時半頃。ここの従業員が、今のこの状態で倒れとったホトケさんを発見して、泡食って一一〇番通報してきたんですわ。女の人が死んでる、って言うて。こっちも救急隊を手配してすぐ駆けつけたんですがね。従業員の言うとおり、もう完璧に死んでました」

「……えらい失血やもんなあ」

都筑は遺体に近づき、血溜まりを見下ろして呆れたように首を振った。こら、掃除が大変や、と主婦じみた呟きを漏らす。確かに、台の下まで広がった血液は、時間の経過と共に粘度を増し、拭きとりが大変になっていくことだろう。

「で、誰も見てなかったんですか？　その通報してきた従業員ってのは何してたんです？」

伊月が問うと、中村警部補は苦笑いして答えた。

「ま、こんな時間ですからな。いくら最近の中高生が堂々と学校をサボっとるといえども、朝からゲーセンに大集合することはありませんやろ。客もまばらで、二人いた従業員は、揃って休憩室で煙草吸って、だべっとったそうです」

「それは、いつからいつまで？」

「おっ、ええ質問ですな伊月先生。せやけどけっこう時間長いんですわ。十時半頃からと言うから、ほぼ一時間ですな。用事があったら、フロントの呼び出しボタンを押すやろってことで、のんびりしとったらしいです。ええ商売ですな」

それを聞いて横から問いを挟んだのはミチルである。

「監視カメラは？　他のお客さんが見つけたってことは？」

「カメラはあるにはあるんですが、ここは柱が邪魔して、あまり映らんようです。おまけに、録画できる奴ではないんでね。テープも何も残っとらしません。ほかの客は……少なくとも、この時点では目撃したって人は見つかっとりません。従業員が発見したときも、一階には客がおらんかったそうです。……それに」

中村警部補は、まっすぐ頭上を指さした。そこには大きなスピーカーが四台、四方を向いて設置されている。

「今は切ってますけど、ふだんはものごっつい音量で音楽流れてますやろ。何かでっかい物音がしても、とても聞こえませんわ」

「ああ、なるほど。……え？　物音って、どういうことです？」

ミチルは感心しかけて、ハッと顔を上げる。中村警部補は、遺体のほうへ、綺麗に剃り上げた顎をしゃくった。

「つまりはまあ、ここで断言するんはまずいですけど、基本的に僕は、自己転倒やと思うてるっちゅうことです」

「自己転倒？」

ミチルと伊月は、思わず顔を見合わせた。見事なくらい同じタイミングで、二人の視線は中村警部補に向けられる。

「ほかにありませんでしょ。ほれ、見てくださいや。こんな……何て言うんですか、パンプスでしたっけ、こんな靴履いて、事務服で飛び跳ねとったら、そのうち転んで頭も打ちますわ」

「そりゃ……そうだよな。うん」

伊月は妙に納得したような口ぶりで頷く。

「伊月君……転んだのね。昨日、遊んだときに」

ミチルは呆れ顔で呟いて、中村警部補に向き直った。

「つまりこの女性は、こんな時間に事務服でゲームセンターにやって来て、おもむろにDDRで遊んだ挙げ句、滑って転んで頭を打って亡くなった、と。そういうことですか？」

「まだわかりませんけどね。これから調べを進めますし、先生がたにお願いする解剖の結果も参考にせんとやし。せやけど、今の時点では、僕の感じではそうですな」

控えめに、しかし声に自信を滲ませて、中村警部補は力強く言い放った。

(確かに、この状況でほかに考えられることはねえよなあ)

伊月はそんなことを思いつつ、都筑に訊ねた。

「あのう。遺体見せてもらってもいいですかね、俺」

都筑は、珍しそうに店内を見回しながら、気もそぞろに頷く。

「ん？　ああ、ええよ。伏野先生と一緒に見せてもらい」

「おい、ラテックス持ってこい！」

即座に、中村警部補が部下に声をかける。出動服に身を包んだ警察官が手渡してくれたラテックスの手袋をはめ、伊月とミチルは、血溜まりを踏まないよう注意しつつ、遺体の傍に立った。

ＤＤＲのゲームマシンは、大きなモニターと、それに向かって設置された舞台からなっている。舞台の後方には、手摺りがあった。

そして遺体は確かに、見事に舞台の上に「ぶっ倒れ」ている感じである。仰向けで、足はステージ左のモニター側にあり、頭は舞台右手摺り側の角から半分外に出た状態だ。パンプスは、左側だけ床に落ちていた。

「ちょっと、メモ帳か何かもらえます？」

ミチルは近くにいた刑事のひとりに声をかけた。

「メモ帳やないですけど、これよろしかったら、どうぞ」

彼女の意図を正確に理解して、刑事は自分の手帳をそのままミチルに差し出す。

「すみません」

それを受け取って、ミチルは空いたページにボールペンでゴリゴリと簡単な絵を描いた。無論、マシンと遺体の位置関係を、である。

「こんなところで描かなくても」

伊月は、ニョロニョロと一筆書きのような下手くそなミチルの絵を笑ったが、ミチルはジロリと伊月を睨んで、構わずペンを走らせた。

「だって、解剖室に運ばれたときには、もう元の状態わかんなくなってるじゃない。今描いとけば、記憶が甦りやすいでしょ」

「んー、たぶんね」

(こんな絵みたら、かえってわからなくなりそうだな)

正直なコメントは賢明にも飲み込んで、伊月は曖昧に頷いてみせた。

「……ありがとうございました。一枚、頂きますね」

簡単にスケッチを仕上げると、ミチルは自分が絵を描いたページだけをちぎって、手帳を刑事に返した。そして、紙切れとペンをジーンズのポケットにねじ込んだ。

「ご遺体に触っても？」

次にミチルが遺体の頭部の近くにしゃがんで訊ねると、中村警部補は小さく肩を竦めた。

「ホトケさんをその台から引きずり落とさん程度やったら、ええですよ」

許可を得て、ミチルは遺体に触れた。できるだけ姿勢を変えないように、各関節を上から順番に動かしてみる。

「あ……何かぞくっとした」

そんなミチルの独り言に、すぐ脇で中腰になった伊月が、からかうように囁いた。

「何？　ミチルさんともあろう人が、ビビってんですか？」

「違うわよ。手袋のせいかな。何か予想外に冷たい気がしただけ」

ジロリと伊月を睨み、ミチルは、全身の関節を丁寧に曲げた。立ち上がって、遺体を見ながら口を開く。

「顎に、ほんの少しだけ強直《きょうちょく》が来てるかな。他はまだブラブラ。伊月君、今何時？」

「ええと。一時十二分っすね」

「ってことは……」

ミチルが口を開くより先に、中村警部補が口を挟んだ。

「ほな、普通に考えれば、死後二時間近く、そういうことですな」

「ま、普通はそうやな。痩せたお嬢さんやから、筋肉も薄い。死後硬直も弱いかもしれへんけど」

都筑が自分の意見を支持してくれたのが嬉しいらしく、中村警部補は得意げに周囲を見遣《みや》り、ニヤニヤした。

「っちゅうことは、あれですな都筑先生。二時間前言うたら、十一時過ぎってことですな、このホトケさんの死亡推定時間は」

「まあ、死後硬直だけ見たらな。せやけど、こっちへ持ってくる前に、直腸温とかちゃんと測っといてや」

「は、車に乗せたらすぐ測りますわ。ここではちょいと申し訳ないですしね、ホトケさんに。一時間おきに二回測定、でしたね？」

「そうそう。君に頼んどいたら間違いないな。頼むで」

都筑は機嫌良く頷いた。

「ぐわ」

伊月は、頭を少し持ち上げてみて、思わず声を上げた。

遺体の後頭部に、大きな挫創《ざそう》がある。肩に触れる程度の髪が、血液でべっとりと濡れ、いくつかの房になっていた。房の先端からは、血液がポタポタと床に滴っている。

「なるほど。大きな挫創。打ち所が悪かったってことかしら」

ミチルも伊月の脇にしゃがみ、首をねじ曲げるようにして、遺体の後頭部を覗き込む。そして、再び取り出した紙片に、損傷部も簡単にスケッチした。

「けっこう角は鋭いですからね。もんどり打って倒れたら、頭割れますわ。そんで、意識消失してるうちに失血がひどくなって死に至る、と。そんなとこ違いますかね」

中村警部補は、やけに自信ありげに断言した。さっきから、都筑に褒められ通しで、部下の手前、鼻高々な様子だ。

「とにかく、あとは解剖室で拝見します」

ミチルはムッとした顔でそう言って、立ち上がった。「そこまで自信満々なら、検案書は君が書け」などと大人げないことは言わないが、しっかり顔に書いてある。

「こんなに人目の多い現場じゃ、服を脱がせるってわけにはいかないし、鑑識さんもまだお仕事中でしょう？　私たちがあまりあちこち触りまくっちゃいけないわ」

「そうですね。俺たちもそんなつもりじゃなかったから、こんな格好だし」

伊月も立ち上がり、血に染まった手袋を、服を汚さないよう、注意深く外した。すぐに、警察官が汚物入れのビニール袋を差し出してくれる。

「ほな、失礼するで。中村君。何時頃になりそうや？」

ひとり涼しい顔の都筑は、ミチルと伊月が手を洗って帰ってくると、中村警部補にそう訊ねた。

「そうですなあ。令状取りに走らせて、出たことを確認してからスタートっちゅうことで、四時までには運ばせてもらいます」

「そうか。ほなよろしゅうな。行こか、伏野先生、伊月先生」

「はい」

ミチルと伊月は同時に返事し、都筑の後について外へ向かった。

「どうもすんませんでした」

中村警部補の調子のいい声が、後ろから追いかけてくる。

三人が出口に近づくと、見張りの警察官が、すぐにブルーの防水シートを持ち上げてくれた。

一歩外に出て、三人は目を見張った。ゲームセンター前に集まった人の数は、さっきよりずっと多くなっていた。もはや「黒山の人だかり」状態である。狭い路地は、買い物帰りの主婦や暇そうな学生たちに埋め尽くされていた。

「おわっ。君ら先行ってくれ。何やこりゃ」

都筑は眩しさと驚きで目を見張り、サッと伊月の後ろに隠れた。痩せた男同士で隠れあってどうするのだと思いつつ、ミチルは、傍らに寄ってきてくれた筧に囁いた。

「大変ね」

「えらいすいませんでした。僕が呼び止めてしもたばっかりに、お手間取らして。また後で、よろしくお願いします」

筧は、大きな体をいっぱいに使って、三人のために道を空けてやりながら言った。

「じゃな。お前も適当に飯食えよ」

伊月も親友に声を掛け、入ったときとは逆に、ミチルの背中を押すようにして、人混みを通り抜けたのだった。

——何か、この中で人死んでるらしいで。

——どうせ、あの子ら違うのん。ようこの前で煙草吸うてる子らと。

周囲の好奇の目と、ざわめきが追いかけてくる。それを振り切るように、三人は足早に、商店街の雑居ビルの中へと飛び込んだのだった……。

間奏　飯食う人々　その一

「せやけど、参ったなあ」

ランチタイム終了ギリギリになって駆け込んだレストラン「ペペ・ロッソ」のテーブルで、都筑はガックリと肩を落としてこぼした。

雑居ビルの薄暗い階段を上って左手にある、こぢんまりした店である。店内に入って、やっとあの現場の喧噪から逃れられたという実感がした。

「講義でヘトヘトになって帰ってきたら、次は現場か。……解剖は、君らに任せるで」

「うへ。俺もスライド係とノート取りで疲労しましたよ。睡魔との壮絶なバトルに、なんとか勝利したところなんですから」

「僕の講義はそんなに眠いんか？」

「眠いの眠くないのって。脳味噌から、アルファ波が垂れ流しでしたよ」

伊月はゲッソリした顔で、首をねじ曲げた。ちょうど伊月と都筑の背後は一面ガラス窓になっていて、センター街を広く見渡せる。向かって右四十五度方向に、野次馬たちのほんの一部が見えた。

(まったく、あんな所にひしめいて突っ立ってたって、何が見えるわけじゃねえのに。みんな暇だよな)

伊月は胸ポケットから煙草を出した。一本抜き出そうとして、ミチルに視線で咎められ、慌てて戻す。

「そうすると、お二人は、解剖は私ひとりに頑張れとおっしゃるのかしら」

ミチルはヒョイと肩を竦め、バスケットにまとめて入れられたカトラリーの中から、フォークを一本つまみ出した。左手でメスのようにフォークを持ち、右の手のひらに軽く尖端を押し当てる。

「嘘や嘘。ちゃんと僕が鑑定医で、書類作ってきよるて」

都筑は、くたびれた笑みを浮かべ、力無く手を振った。

「それにしても、ゲームセンターっちゅうんはなんとも騒がしい所やな。どこ見ても極彩色で、電気がピカピカしとって。あれで音楽なんか入ったら、僕は目を回すわ」

「そりゃ先生、地味なゲーセンなんて、入る気しないじゃないですか。みんな、暇つぶしとか気晴らしで入るんですから」

伊月は呆れた口調でそう言って、前に向き直った。伊月の座っているところからは、カウンターの向こうでひとり忙しく立ち働く店主らしき初老の男性が見える。

初めて伊月をここに連れてきてくれたのはもちろんミチルで、教室に入ってすぐの頃だったと思う。それから週に一度くらいのペース来ているが、初回から今に至るまで、主人とは一言も言葉を交わしたことはない。

(相変わらず楽しくなさそうな顔してんなあ)

伊月は四角い店主の顔を見ながら、そんなことを思う。無表情にパスタを茹で、ベーコンを炒め、ソースとパスタを和えて皿に盛る。そんな一連の作業を、店主は物憂げに俯《うつむ》いたままで行った。そして最後に、出来上がったパスタを堆《うずたか》く盛った皿をカウンターにどんと置く。

「お待たせしました」

それをテーブルまで運んでくるのは、店主の娘なのかそれともただの従業員なのか、とにかく感じのいい笑顔の若い女性である。どうやら、店主と足して二で割ると、愛想は平均レベルに達するようになっているらしい。

「おっ、旨そうやな」

今日初めて目を輝かせた都筑のそんな賛辞に、黒いエプロンをした女性ははにかんだように笑って軽くお辞儀した。

それぞれの前にパスタが置かれると、一同はさっそく食事に取りかかった。

「ホンマは、フォークだけで食うんが本場流らしいで」

都筑は珍しく通ぶってそんなことを言った。きっと昨日の夜放映されていた、人気のあるグルメ番組の受け売りだろう。伊月もミチルも、上司の言葉など無視して、さっさとフォークとスプーンを手に取った。

三人揃って、オーダーしたのはアマトリチャーナである。

伊月は、皿の中のパスタをフォークで巻き取りながら、周囲に客がいないことを確認して口を開いた。

「しっかし、血の海を見た直後にトマトソースのパスタが食えるようになっちまったあたり、俺ももう終わりかな」

言い終わるなり、唇のサイズギリギリまで巻きまくったパスタを、勢いよく口に放り込む。

それを見て、ミチルは苦笑いした。

「関係ないじゃない。赤いもの繋がりっていうんなら、郵便ポストも正視できなくなるわよ。クリスマスイブに解剖があったら、サンタクロースも避《よ》けて通るの？」

「あー。可愛くねえツッコミ」

「だってそうだもん」

ミチルは粉チーズを大量にパスタに振りかけた。

「解剖中だってお腹は空くし、途中で休憩して、解剖室の外でしゃがんで食べるお弁当だって美味しいもの」

「うげー」

伊月は笑いながら、チーズ入れをミチルの手から取り上げる。

「俺なんかまだ、解剖の後は、肉と刺身は勘弁、とか思いますけどね」

「そんな繊細なこっちゃやっていかれへんで。解剖しながら、飯の算段考えられるようにならんと、身が保たんわ」

都筑もミチルの肩を持つ。伊月は不服そうに口を尖らせた。

「俺は繊細でいいですよ」

都筑は行儀悪くパスタを啜りながら、そうやない、と言った。

「どんな状況でも、人間は寝食を忘れたら生きてはいかれへんねんで。そら一晩や二晩の徹夜はできても、必ずあとでツケを払わんとアカン。せやろ？」

「ま、それはそうですけど」

「どんな非常時でも、それを忘れたらアカンのや。まあ、僕らの場合、解剖中に寝るわけにはいかんけどな。だからこそ、食うことは大事やで、伊月先生。飲まず食わずで頑張るなんちゅうんは、愚の骨頂や。いつでもどこでも、飲んで食うて踏ん張れるようにならんとな」

「なるほど」

納得はしても、言い負かされるのは大嫌いな伊月である。それだけ言うと、ヤケクソの勢いで食事を再開する。ミチルも、クスリと笑ったが何も言わず、パスタを口に運んだ。

「しかし君ら、こんなんばっかり食ってたらアカンで。もっと健康的なもん食わな」

旨そうにすべて平らげてしまってから、都筑は悪戯《いたずら》っぽく声を潜めて部下たちに言った。ミチルは、食後のアイスコーヒーを飲みながら、右目だけを器用に見開く。

「健康的なものって何ですか？」

「そら、日本人やねんから、米の飯と味噌汁と、野菜たっぷりのおかず。魚の煮付けなんかええなあ」

「クラシックだわー。ここのパスタだって、オリーブオイルたっぷりで身体にいいですよ。ね、伊月君」

ミチルは同意を求めようと伊月に話を振った。だが、伊月は、トマトソースで汚れた口をナプキンで拭きながら答えた。

「そう言われても、俺、そんな『健康的』な飯、食ったことないからわかりませんよ」

「嘘！　だって伊月君、ここに来るまでは実家に住んでたって言ってなかった？」

「そうですよ。だけど、うちは共稼ぎですもん。母親はずっと開業してるから、飯はいつも買った惣菜とか出前でしたよ。父親は外科医で当直が多いから、なかなか帰ってこないし、もう、手抜きし放題」

「ほな、お母さん手作りの家庭料理とかは……」

「全然食った記憶、ないですね。カレーもレトルトだったし、シチューとかもカンヅメ温めた奴」

「うわー……」

「お袋の味ってのを知らないのね。可哀相に」

「それが普通だとずっと思ってましたからねえ、俺。全然気にしてなかったです。だから別に、可哀相じゃないですよ」

「んー、だけどちょっと極端過ぎる食生活じゃない。スタイルよく育ってよかったわね、伊月君」

ミチルは嘆息し、しかし「あら？」とまた視線を上げた。

「でも、今は？　下宿してるんだっけ？」

「こっち来てからは、叔父貴んちに居候っすよ。子供がみんな独立しちまってるから、部屋空いてるって言ってくれて。金もないから、お世話になってます」

「それじゃあ、叔母さんが美味しいご飯を作ってくれるでしょうに」

「飯要らないって最初から言ってあるんです。作ってもらったのに食わないときがあると、悪いから。お互い気分悪くなるでしょ。だから、飯に関してはノータッチにしてもらってます。掃除と洗濯してくれるだけで、十分御の字ですよ」

「それじゃ、叔母さん寂しいでしょうね」

「寂しそうにしてますけどね。俺は従兄弟たちの代わりじゃねえから。安くていい下宿が見つかったら、早い内に出ようかなと思ってるところですよ」

「アカン、下宿はアカンで君！」

それまで黙って二人の会話を聞いていた都筑が、そこで慌てたように割って入った。

「は？」

ミチルも伊月も目を丸くして都筑を見る。

「どうしてです？　俺、これでもけっこうきれい好きですよ」

首を捻る伊月に、都筑はツケツケと、彼にしては強い口調で言った。

「君、人んちに居候で今がこれやったら、下宿なんかしたら、昼まで起きてこおへんやろうが！」

ミチルがポンと手を打つ。

「あ、そうか。そういう問題があったわね。ねえ、伊月君って彼女いないの？　同棲して起こしてもらうとか……」

「伏野君。それもどうかと思うで」

「うーん、石頭なんだから、先生は。……じゃ、いっそ結婚しちゃえば安心でしょ」

「勝手に人を結婚させないでください。院生は金がないから、嫁さんもらう余裕なんかありませんよ」

伊月は今度こそ食後の一服を吸うべく、ミチルの抗議の眼差しを無視して、灰皿を引き寄せた。

「朝弱いのは体質なんだから、仕方ないじゃないですか。それより……」

身体を捻り、煙を人のいないほうへ吐き出しながら、伊月は言った。

「まだ、野次馬たかってますよ。現場検証、まだ終わらないのかな」

「しばらくかかりそうな感じだったものね。さて、そろそろ引き上げましょうか。午後の解剖に備えて、細かい用事を片づけなくちゃ」

ミチルの言葉に、伊月はくわえ煙草で、都筑は尻ポケットから財布を引っ張り出しながら、立ち上がった。

「今日は奢ったるわ。夕方からの解剖、頑張ってな」

「ありがとうございまーす！」

声を揃えて礼を言い、一足先に店を出たミチルと伊月は、しかしすぐに顔を見合わせて笑った。

「よく考えたら安く買収されてるわよね、私たち」

「ですよね。二時間で終わらせても、時給五百円以下だ」

「バイト君並み……あ、ごちそうさまです」

都筑が出てきたので、ミチルと伊月は口を噤《つぐ》み、いかにも部下らしく、上司に再び礼を言ったのだった……。

二章　今に何か見える

そして午後四時。

「まだ来ませんなあ」

技師長の清田は、セミナー室に戻ってくるなり、今日何度目かの台詞を口にした。

解剖のある日は、開始予定時間が近くなるといつも、清田の落ち着きがなくなる。

何度もセミナー室を出て、フロアー端の大きな窓から解剖室を見下ろし、警察車両が到着したかどうか、いちいちチェックするのだ。

「そのうち来ますよ」

伊月は自分の席にふんぞり返って、うんざりしたように清田の小柄な姿を見た。

「それにしても遅いでしょう。T署はすぐそこやっちゅうのに」

丸眼鏡を押し上げ、苛ついた口調で清田は言葉を返す。汗っかきの彼は、それだけの動作ですでに禿げ上がった額を濡らしていた。

「……確かに、遅いわね。令状を取るのに、時間がかかってるのかしら」

文献から顔を上げ、ミチルも時計を見て眉を顰める。

解剖開始予定時刻が四時と言われた時点で、今日の帰りが遅くなることは皆覚悟している。それでも、一刻も早く始めて、とっとと終わってしまいたいというのは、誰もが心に抱く願いであった。

「そうかもしれませんね。身元がなかなかわからなかったとか」

「どうだろ。前みたいに、書類の不備で結局明日に持ち越し、なんてことにならなきゃいいけど」

「はいはい、とにかく連絡があるまで、皆さんサボらずにお仕事お仕事！」

たるんだ空気を引き締めるように、峯子がパンパンと手を叩いた。

仕方なく、ミチルと伊月は読みたくもない英文文献を開いた……。

と。電話の呼び出し音がセミナー室に響いた。ただし、教授室の電話が、である。

一瞬腰を浮かしかけた清田は、ガックリと座り直した。

都筑が教授室の子機を取ったらしく、呼び出し音は二《ツー》コールで途絶える。一同は、それぞれの仕事に戻ろうとした。……しかし。

『……何やて!?』

ドア越しに聞こえてきた都筑の大声に、皆は再びハッと顔を上げた。峯子がおずおずと席を立ち、教授室のほうへと歩み寄る。

『そんなアホなことがあるかいな！』

珍しい都筑の怒声は、まだ続いている。

「……大丈夫ですかにゃ……」

教授室の扉を開けたものかどうか、峯子は指示を仰ぐようにミチルを見た。だが、ミチルも首を傾げるばかりである。

「どうしたのかしらね。都筑先生が怒鳴り散らすのなんか、初めて聞いた」

「僕もですわ。昔から、温厚な方ですよってねえ」

清田も、ずり落ちた丸眼鏡を押し上げながら、驚きを隠さない顔つきで言った。

「勤続三十年、三代の教授にお仕え」してきた彼がそういうのだから、前代未聞の出来事に違いない。

伊月、ミチル、峯子、そして清田が息を潜めて聞き耳を立てている中、

『とにかく、一度こっちへ来《き》いな。説明聞かんと、僕もわからんようになってきたわ』

と、さっきよりはトーンの落ちた都筑の声がして、電話機の通話ボタンが消灯し

た。

間髪を入れず、教授室の扉が中から大きく開かれる。荒い足取りで出てきた都筑は、息を呑む部下たちの顔をぐるりと見回したものの、何も言わずに流しのほうへ行った。冷蔵庫から出した緑茶をグラスに注いで一口飲み、ふう、と溜め息をつく。どうやら、気分を落ち着かせようとしているらしい。

「あの、都筑先生。どうしたんですか？」

四人を代表して、峯子が声を掛ける。

「僕なあ、こんなに警察に舐められたん、初めてや。さすがに滅茶苦茶腹立てて、怒鳴ってしもた」

冷たい緑茶で気持ちが落ち着いたのか、都筑はいつものチェシャ猫のような笑顔で頭を掻いた。

「みんな、ビックリしちゃったですよ」

ようやくホッとした様子で、峯子は深い息を吐く。

「警察に舐められたって、いったいどういうことです？」

席を立った伊月は、峯子の肩にポンと片手を置いて、都筑に訊ねた。それを選手交代の合図と受け取ったらしく、峯子は自分の席に戻る。

「んー、それがなあ。僕にも未だにようわからんのやけど。まあ、掛けや」

都筑は、伊月に椅子を勧め、自分も彼に向かい合って腰を下ろした。清田は自分の席で聞き耳を決め込むらしいので、ミチルも席を立ち、伊月の隣に座を占めた。

「警察って、T署にってことですか？」

伊月が問いかけると、都筑はかぶりを振った。

「いや、科捜研《かそうけん》からやったんや、電話は」

「科捜研？　何か他に解剖でも入ったんですか？　まさか、それも今日やれって言われたとか？」

「いや、話は、今日の昼に見たT署の事件のことやってんけど……。妙ちくりんなことを言いよるんやわ、これが」

「だから、何を？」

ミチルが少々苛ついた声で問いかけた。だが、都筑は決して二人を焦《じ》らしているのではなく、逡巡しているのだということは、その表情から知れた。

「T署から、科捜研に電話があってな。ホトケがのうなった、って言うてるらしいわ」

「はあ!?」

「遺体が、なくなった!?」

伊月とミチルは、同時に大声を上げる。峯子も、両手を口に当て、身体を三人のほうへ向けた。

「ど、どういうことですか、そりゃ」

「それが、ホンマにようわからんのや」

都筑は、もう一口お茶を飲み、溜め息混じりに話を再開した。

「いや、現場検証終わって、遺体をこっちに持ってくる前に、とりあえず署に運ぼうか、っちゅうことになったんやて。いろいろ、警察側で準備もあるやろしな」

伊月もミチルも黙って頷く。

「それで、警察のワゴン車に遺体を積み込んで、署に戻って……。車庫でトランク開けたら、おらんようになっとったと。どうもそういう話らしいわ」

「……いやだから、『おらんように』ってどういうことですか?」

「僕が知るかいな」

都筑は、投げやりに肩を竦めた。彼が常になく立腹していることは、口調から明らかだ。

「そんで科捜研も、とりあえずよう話がわからんから、署に行って話聞くて言うてるねんけどな。腹立つんは、『所轄が、先生方もホトケ見たて言うてますけど、ホンマに見はりました？　ちゃんと死んでました？』って言いよったんや、科捜研の奴が！」

「……そりゃー失礼炸裂だわ」

ミチルが呆れたように言って、椅子から半ばずり落ちた。伊月も、思わず両手で頭を抱える。

「何だそりゃ。どっから見ても、がっちり死んでましたよね、ミチルさん」

「死後硬直が来てるのに、爽やかに生きてる人なんて……少なくとも、私は見たことないわよ」

「俺もないっすよ。……ああ、何やってんだ、筧のバカ野郎は」

思わず新米刑事の親友に直接連絡しようとスマートホンを取り出した伊月だが、おそらくT署は大混乱であろうと思い直し、テーブルの上にそれを置いた。

「で、科捜研がこっちに来るって言ってるんですか？」

ミチルは、斜めになったまま投げやりな口調で訊ねる。

「うん。所轄へ行って、とりあえず現状を把握したら一緒にこっち来るから、しばらく待ってくれて言うとったわ」

「……じゃあ、私たち居残りですか？　ただ待ってるだけ？」

「ま、そういうことやな。すまんけど、待っとったってや」

「俺は待ちますよ。なんだか気持ち悪くて、何が起こってんのか把握するまで、帰れやしねえ」

「私も待つわよ。どうせ今日は遅くなる覚悟でいたんだし。……清田さんは？」

「僕もええですよ。慌てて帰っても、やることがあるわけやなし」

ロッカーの向こうから、清田が声を張り上げる。

「ってことは、解剖班は全員居残りか。陽ちゃんは帰るだろ？」

「当然ですにゃ。陽ちゃんはどうするかしら。ネコちゃんは帰るだろ？」

峯子は、実験室へと出ていった。解剖時はシュライバー（筆記役）を務める陽一郎だが、立場的には峯子と同じ「大学職員」である。医師の都筑やミチルらとは違って、定時がきちんと設定されている。本来ならば、居残りなど拒否して帰宅していいのだ。

だが、ほどなく峯子と一緒にセミナー室に戻ってきた陽一郎は、少女めいた顔に困惑の表情を浮かべながらも、

「僕も残りますよ」

と言った。峯子から事情を聞いたものの、まだ何が起こっているのか正確に把握できてはいないらしい顔つきである。

「大丈夫よ、陽ちゃん。ここにいる全員、訳わかんないまま座ってるの」

「あ、そうなんですね」

不安げだった陽一郎は、ミチルの言葉にホッとしたように笑った。

「僕だけいなかったから、話に乗り遅れたのかと思いました。じゃあ、とりあえずお茶いれましょう」

「なるほど。とりあえず和むのね」

「そうそう。どうせこれから一波乱でしょう？　今のうちに和まないと！」

（ここって、基本的に能天気な奴しかいねえなあ）

伊月はしみじみと呆れたり感心したりしながら、人数分のマグカップを乾燥機から出して並べている陽一郎の小さな背中を見ていた。


それから二時間後。

峯子がとうに帰ってしまい、一同がお茶とおやつに飽き果てた頃、セミナー室の扉が控えめにノックされた。

皆、ハッと視線を絡ませる。

「はーい!」

陽一郎が身軽に立っていって、扉を開けた。

「先生方、えらいお待たせしまして、申し訳ありません」

科学捜査研究所の山原《やまはら》主任が、小柄な身体を折り曲げるようにしてお辞儀しながら、セミナー室に入ってきた。後ろに、憔悴しきった様子の中村警部補を従えている。いつもお洒落で、どんな大事件が起こってもきちんとした身なりの中村警部補が、今は髪を振り乱し、脂ぎった顔をしていた。

ミチルが黙って奥の席に移ったので、伊月もそれに倣《なら》った。都筑に勧められ、山原主任と中村警部補は、空いた椅子にしおしおと腰を下ろした。

「ホンマにもう……先ほどはえらい失礼いたしました。教授にそんな怒られたん初めてですし、ビビりましたわ、ワシ」

もう五十代であろうと思われるのだが、なんともいえない坊ちゃん顔をした山原主任は、ガックリと肩を落として都筑に頭を下げた。

二人のためにお茶をいれながら、陽一郎は心配そうに彼らの様子を見守る。

都筑は、さっきより少し険しい顔で、山原主任に問いかけた。

「そんで、どういうことなんや？　みんな、事情がわからんままに、こんな時間まで待っとったんやで？　もう六時過ぎてるやんか」

ミチルや伊月には、都筑が本当に怒っているわけではないと声の響きからわかる。しかし山原は、それをかなり厳しい叱責と受け取ったらしく、肘で小さく隣の中村警部補の腕をつついた。

「ほれ、君のほうからご説明せんかいな」

「は。……あのですね、先生。今日の昼に見ていただいたホトケさんなんですが……」

中村警部補は、一同を見回し項垂《うなだ》れて黙り込んでしまった。伊月は、薄い唇をへの字に曲げて、中村の浅黒い顔を覗き込んだ。

「いなくなった、って俺、教授から聞きましたけど？」

「そうなんですわ……」

「そうなんですわ、じゃなくて。いったい、どういうことなんです？」

ミチルも、身体を中村警部補のほうに向けた。

「僕も、未だに混乱しとるんです。……順を追ってお話ししますけど」

陽一郎がそっと置いたグラスを取り上げ、冷たい緑茶を半分ほど一気に飲んだ中村警部補は、テーブルの上で両手の指を組んだり解《ほど》いたりしながら口を開いた。

「あの後、僕らは現場検証を済ませて、とりあえずあの場からホトケさんをワゴン車に移したんですわ。入り口に車横付けにして、シートで隠して、誰にも見られんようにしましてね。そんでまあ、下のもんに身元確認やら従業員の詳しい事情聴取やらを任せて、僕らいったん署にホトケさんを運ぼうっちゅうことになりまして」

冷房が効いた室内にいるのに、中村警部補の広い額には、大粒の汗が伝っている。それをハンカチで盛んに拭きながら、彼は話し続けた。

「車二台で来てましたんで、二人はパトカーに乗って先に行って、僕は部下と二人で、ワゴンの前に乗って、帰ってきたんですわ。後ろにホトケさん寝かせてね。まあ確かに交差点でどえらい渋滞で、三十分近くかかってしもたんは確かなんですが、寄り道も何もせんと署まで帰ったんです。それやのに……」

その時の驚きを思いだしているのだろう、中村の上瞼が、細かく痙攣している。

「車降りて、後ろ開けたら、ホトケさんがおらんようになっとったんです」

「…………」

都筑は眉間に縦皺を寄せ、せやからな、と指先でテーブルを叩いた。

「せやから、それはいったいどういう状態やったんや？　もう、影も形もなかったたんか。袋ごと？」

「いや、ホトケさんを現場で極楽袋に入れまして、いつも解剖室から運び出すときみたいに、担架に乗せた状態で車にね……。それやのに、署に着いたら、担架の上には、極楽袋しか乗ってへんかったんです」

都筑、ミチル、伊月、そして陽一郎は無言で顔を見合わせる。相変わらず自分の席に潜んでいる清田も、おそらく心の中は四人と一緒だろう。

「つまんない質問かもしれませんけど」

前置きしておいて、ミチルは問いを口にした。

「その、ご遺体入れておく極楽袋の口は開いてました？」

「それがまた気色悪いことに、閉じてたんです。きっちりと」

「閉じてた？」

伊月は目を丸くして、頬杖から細い顎を浮かせる。

「僕かて信じられませんでしたわ。そこには、ぺしゃーんとなった極楽袋があるだけやったんです。ああ、そん時の状態を、写真に撮ってたらよかったですな。僕も錯乱してもうて、そんな余裕なかったもんで……」

「それは、誰かが遺体を持ち逃げしたってことかいな」

それまで黙って話を聞いていた都筑が、たまりかねたように問いを挟んだ。中村はしかし、いつものように調子よく答えることはせず、平板な声で答えた。

「そら、確かに署に帰るまで、ホトケさんの様子をいちいち確認したりはしてませんで？　容疑者やあるまいし、ホトケさんが立って歩くわけありませんし……」

「せやから、ホンマにその姉ちゃんは死んどったんかいな。ワシはさっきから、そこ何度も訊いとるけど。……先生にも、さっきそう訊いて怒らしてしもたんですけど。すんまへん」

山原主任が割って入る。どうやら、先刻、都筑を立腹させた電話の主は、彼だったらしい。

都筑は自分は何も言わず、部下二人を見た。そして、伊月はミチルを。仕方なく、ミチルは三人を代表して答えた。

「顎関節に、軽く強直が来てました。失血がひどかったせいもあるでしょうけど、皮膚もかなり冷たかったし……。あ、そうだ。直腸温は？　車に乗せたら測るって言ってたでしょう？」

「あ……」

中村警部補は、片手で額を叩いた。

「すんまへん。署に戻ってから、と思うてましたもんで」

「忘れてたんですね？」

「……えらいすんまへん」

ミチルはちょっとムッとした顔をしたものの、それ以上責めることはせず、視線を中村警部補から山原主任に移した。

「というわけで、私も伊月先生も、現場でご遺体を見てます。……そりゃあ、世の中にはいろいろ奇怪な事件があるらしいですけど。よく聞くでしょう、お葬式の途中で、棺桶から生還した人の話とか」

「伏野先生、君、ほなあの女の人が生き返ったかもて言いたいんか？」

「まさか」

都筑の言葉を、ミチルはにべもなく一蹴した。

「先生もご覧になったでしょう？　万が一あの女性が息を吹き返したとしても、あの失血量で、突然起き上がってスタスタ歩き出すなんてことができるとお思いになります？」

「しかも、ゲーセンでぶっ倒れたはずの自分が、狭苦しい極楽袋の中に詰め込まれてるのに少しも慌てず、運転者にも助手席にいた人間にも気づかれず、車から抜け出して逃げるなんてことは……。あ、ちょっと待てよ」

伊月は、ハッとして中村警部補を見た。

「そもそも、極楽袋って、内側から開けられんのかな。あれ、ファスナーの金具、外側にしかないよな」

「そういえばそうよね。ま、ちょっと開いてれば、そこから手を突き出して無理矢理開けることもできるでしょうけど。でも、一言も喋らずに、冷静にそんなことができる人なんて、いないわよ」

「ですよねえ。あんな狭い車内で暴れりゃ、普通気がつきますよね」

「っていうかね、先生がた。いくら僕らがアホでも、ワゴンの後部扉を開かれたら、気がつきますわ。……しかも、あんな血だらけの姉さんが警察車両から出てきたら、ほかの車に乗っとる人らかて、何か反応するはずやし……」

中村警部補のせめてもの反撃に、伊月とミチルは顔を見合わせて肩を竦めた。

「だったら、何がどうなってるっておっしゃるのかしら？　誰かが迎えに来て、あの女の人を連れだした？」

「まさか。そんなアクション映画みたいなことがあるわけないでしょ、伏野先生。事務服着たあの姉ちゃんが、どこぞの国の秘密工作員なんて話は、ドラマだけで十分ですわ」

「そうよねえ」

室内に、重い沈黙が落ちる。それを破ったのは、いつにもまして控えめな、陽一郎の細い声だった。

「あのう」

「どうしたの、陽ちゃん」

話に割り込むのは、内気な彼にとっては決死の覚悟だったのだろう。ミチルに背中を押されるように、陽一郎は思いきったように言った。

「あの。せめてその女の人の身元くらいは、わかったんですか？」

「いや……それが」

いちばんおとなしい陽一郎に手痛い質問を喰らい、中村警部補は、気の毒なほど萎れてボソボソと答えた。

「所持品がなーんにもなかったんですわ。それで、下のもんがずっと聞き込みに回ってくれとるんですけど、まだわかっとりません」

「あー……。すいません。じゃあ、袋の中に、その人の着てた服とか……」

「それも、ホトケさんと一緒になくなってしまいまして」

「あ……あ、あ、すいません」

意味もなく、陽一郎は狼狽《うろた》えて謝ってしまう。

「……どないもしゃーないな」

都筑が、誰にともなくぼやき口調で言った。

「すんまへん」

「えらい申し訳ありませんっ」

ほとんど反射的に、中村警部補と山原主任が頭を下げた。

「いや、別に僕らに謝ってもらうことはあらへん。……あるとしても、手持ち無沙汰にこんな時間まで待たされたことだけでええねんけど」

都筑はまんざら嫌味でもない口調でそう言って、ふう、と息を吐いた。

「せやけど、それですまへんのは君らやろう。いったい、どないするんや？」

「はあ……」

山原主任は、嘆息して忌々《いまいま》しげに中村警部補を見た。

「とにかく、その『消えた女性』とやらの家族なりなんなりが届け出てくれればええんですがね。……あるいは、その、あるかないかわからんホトケさんを持っていったかもしれん奴から、署に連絡が入るか」

現場を見ていない山原主任にとっては、そういう突き放した、というか遺体の存在自体を疑うような言い方をするしかないのだろう。だが、現場を見てしまった四人には、それに軽く同意することなどできはしない。

「だけど……マジでどこ行っちゃったのかしら。今のところ、手がかりなし？」

ミチルに問われて、中村警部補は、ちょっと微妙な顔つきになった。ミチルは軽く眉を顰める。

「……何か？」

「実は……ちょっと、さっき解剖室に、極楽袋を運ばせてもろたんですわ」

中村警部補の言葉に、一同の注目が彼に集まる。

「いや、なんかちょっともう、どう説明したらええんかわからんことになってまして。僕がまずい説明するより、見てもろたほうがええん違うかと思いましてですね」

「それは、消えた遺体が入ってた袋ってことですか？」

伊月が問うと、中村警部補は頷いた。伊月とミチルは、即座に立ち上がる。

「何がどうなってるのかは知りませんけど、とにかく現物を見せてください」

ミチルの言葉に、一同はゾロゾロと解剖室へと移動した。

用務員が鍵を開けてくれたのだろう。解剖室には灯りが煌々《こうこう》と点っていて、そこには筧ともう一人、科捜研の研究員、藤谷綾郁《ふじたにあやか》の姿があった。

筧が大男なら綾郁もかなり大柄なほうなので、その二人が並んで立っているところは、普段なら圧倒的……なはずだった。

だが今は、二人が揃って憔悴した顔つきをしているので、解剖室には、いかにも重苦しい空気が立ちこめていた。

「あら、筧君と藤谷女史が来てたんだ。お疲れさま」

ミチルは声をかけ、解剖台に歩み寄った。

「アタシも今来たとこ。主任から話を聞いて、どうにも気になって飛んで来ちゃったのよ」

綾郁は、ラテックスの手袋を嵌《は》めたままの手で、おかっぱに切り揃えた硬そうな髪を払った。

白い大理石の台に置かれているのは、すっかりお馴染みになった灰色の合成樹脂製の袋……通称、極楽袋である。最初その名を教えられたときは、なんというブラックなネーミングだろうと、伊月は呆れかえったものだ。

「……えらいことになっちまったな」

さりげなく筧に歩み寄った伊月は、親友の面長な顔を見て囁いた。

「ホンマや」

短くヒゲが生えてきた顎を手の甲で擦り、筧はさすがに疲れた顔で伊月を見た。

「こんなこと、初めてや。……ホトケさんがおらんようになった、って初めて聞いたとき、僕、何かの冗談やと思たわ」

「俺もだよ。ってーか、今も半分、冗談だと思ってるけどな」

「冗談やったらどれだけええか……」

筧は、上司が解剖台に近づいてきたので、ハッと口を噤み、姿勢を正した。

「まあ、元の状態もクソもありませんけど、これが、ホトケの入っとった極楽袋ですわ。見つけたときと同じように、ファスナーは閉めてみました」

そう言って、中村警部補は自分も手袋を嵌め、人の身体がすっぽり入るサイズの袋を指し示した。

伊月たちも、袋を取り囲むように、解剖台の両側に立つ。

「遺体がなくなった」という言葉のとおり、袋は、ぺちゃんこになっていた。とても、中に何か入っているようには見えない。

「ほんで、何が見せたいんやて？」

山原主任と並んで立った都筑は、腕組みして訊ねた。山原主任の目配せで、中村警部補は、ファスナーを引き下げた。

「中がどうかし……うっ！」

「んげ！」

警部補が広げた袋の中を覗き込もうと上体を屈めたミチルと伊月は、同時に声を上げてのけぞった。

袋の中身を見る前に、そこから発せられる凄まじい腐敗臭に驚いたのだ。

商売柄、「腐った死体」を数多く扱い、その手の悪臭には慣れているとはいえ、不意打ちはやはりきつい。

「何だこりゃ」

伊月は顔をしかめつつ、気を取り直して袋の中を見た。

「ちょっと待ってください。これが、あのご遺体が入ってた袋のわけないじゃないですか！」

ミチルは怒った顔で、中村警部補を睨みつけた。その台詞は、まさしく伊月と都筑の思いを正しく代弁していた。

袋の底に、ごく少量たまっているのは、茶色い濁った液体と、土くれのようなものである。腐敗臭は、間違いなくその液体が発しているものであろう。

「話のいきさつはあらかた聞いてきたけど……何ですか、これ」

綾郁も、唖然とした様子で、一同の顔を見回す。中村警部補は、困り果てたように口をへの字に曲げ、欧米人のように両腕を広げて肩を竦めた。

「せやかて、これがホンマなんです。僕かて、何て説明したらええのんか、もうわかりませんわ。とにかく、ホトケが消えて、後に残ってたんが、この強烈に臭い汁やったんです」

沈黙が、解剖室を支配した。

誰も何も言わず、ただ、蛍光灯の光を不気味に反射する、腐敗液を凝視しているばかりである。

そして、最初に沈黙を破ったのは、伊月の背中に張り付くようにしていた陽一郎だった。

「あ。これ……」

「あ？　何だ？」

陽一郎が指さした袋の内側に、伊月は悪臭を堪《こら》え、顔を近づけてみる。

「何かくっついてます」

陽一郎は、色素の薄い目を見開き、袋の内部、ファスナー近くの実に見えにくいところを指さしている。伊月は、手袋を嵌めた手で、袋の縁を折り曲げるようにしてみた。

「ほら、やっぱり」

陽一郎は、満足げに言った。そこには、毛髪が一本、腐敗液にまみれて張り付いていた。長さは二十センチほどだろうか。色は、黒か焦げ茶といったところだ。

「髪の毛だ。……あの人のですかね」

伊月は、ミチルを見て言った。あの人とは、本来ここに入っていたはずの人……ゲームセンターで発見された、あの女性の遺体のことである。ミチルは軽く首を傾げた。

「長さ的には頭毛だけど、彼女のものかどうかは、まだわからないわね。……清田さん、これ、写真お願いできますか？」

「あーはいはい」

ミチルたちに遠慮して、後ろから背伸びして袋を見ていた清田は、慌ててカメラを構えた。伊月は、器具の棚から、ピンセットと五センチの小さな定規を持ってくる。

毛髪を動かさないように、注意深くそのすぐ脇に定規を当て、まずは広範囲に一枚、次に毛髪にできるだけ接近して、写真撮影する。筧と綾郁も、それぞれ持参のカメラで写真を撮った。

清田は、カメラを置くとすぐに、小さなサンプル採取用のビニール袋を持ってきた。ミチルは、チラとそれを見て、綾郁に訊ねた。

「どうする？　うちがやる？　それともそっちで？」

綾郁は上司である山原主任のほうをチラリと見てから、答えた。

「あんたがやっ……あ、いけね。伏野先生のほうでやっていただけたら、ありがたいんですけど」

上司の手前、馬鹿丁寧な敬語でそう言って、綾郁はミチルに歩み寄った。少し身を屈めて、ミチルに耳打ちする。

「それ、髪の毛っぽいよね。けっこう黒いから、メラニン色素濃そう」

「見たとこ、そうだわね」

「腐敗液に浸かってるってことは、毛根が腐ってる可能性、高いんでしょ？」

「それはわからないわよ。私たちが見たのは、死にたてピチピチの死体だったんだから」

ミチルも囁き返す。綾郁は、露骨に嫌な顔をした。

「あんたの比喩ってときどき気持ち悪い。……だけどこの髪の毛、その人のとは限らないじゃない？」

「まあね。……ただ、中村さんや寛君や、あんたの上司のが紛れ込んだんじゃないことは確かみたいだけど。彼らの髪にしちゃ、長すぎるわ。ねえ、本当に、私がサンプル処理していいの？」

綾郁は、ギョロリとした目でウインクし、頷いた。

「だってさ、アタシが失敗したら首が飛ぶけど、あんたなら、カッコ悪いだけですむでしょ」

「……失礼ねー」

ミチルは仏頂面で、清田からビニール袋とピンセットを受け取った。極楽袋の内側にぺたりと張り付いた細い毛髪を、毛根部に触れないようピンセットで摘み取り、注意深くビニール袋に収める。

「それ、どうするんです？」

伊月の問いに、ミチルは、袋の口を閉じつつ、簡潔に答えた。

「とりあえず、この毛髪の古さがわからないから、上手くいくかどうかわからないけど、陽ちゃんに血液型を出してもらうわ。で、折を見て、どうにかＤＮＡを抜く努力をしてみる」

「すんません、お願いします」

中村警部補と山原主任が、並んで頭を下げる。

「誰のものかわからないから、意味があるかどうかもわかりませんけど、やってみます」

ミチルは、ビニール袋を清田に渡し、さらに袋の中を丹念に調べることにした。伊月も綾郁も、どんな僅《わず》かなものでも見つけようと、それに参加する。

「若いもんは、元気やなあ。あんな臭いとこに揃って頭つっこんで」

都筑は感心したように言って、中村警部補と山原主任を見た。

「それにしても、どういうことなんやろうなあ。山原さんは見てへんからピンとけえへんのやろ?」

山原主任は、渋い顔で頷く。

「電話で連絡を受けたときから、混乱しっぱなしですわ。最初、頭おかしゅうなったんかと思うたんですが、一応駆けつけてみたら、みんなパニック通り越して、ぽかーんとしてますしね」

「まあ、山原さんには信じられへんやろうなあ。僕かて、見てへんかったら『何言うてんねん』って言うとったと思うわ。せやけどなあ、山原さん。遺体は確かにあった。それは僕が保証する」

山原主任は、渋面に困惑を追加して、都筑を見返した。

「せやけど先生。保証されてもよけい困りますわ、この場合。こんなん初めてですからねえ」

「せやなあ。……で、実際どうするんや、警察は。僕らはまあ、解剖できへんだけの話やけど、君らは大変やろ」

「そうですねん」

中村警部補は、深い溜め息をついて肩を落とした。

「とりあえず、令状のほうは、筧の奴が裁判所に着く寸前に呼び戻しましたんで、しばらく請求を保留ってことにしました。それから上と相談して、まずは科捜研に連絡しまして……」

「そんなん連絡されても、こっちもお手上げですからなあ。本店に連絡はしたんですが、とにかく、そのあるっちゅうことになっとるホトケが出てくるか、その知り合いか家族から連絡が来んことには、どうしようもないですわ。上も、とにかく静観しとくよりほかがないと言うてます」

山原はそう言って、部下に声をかけた。

「おい、藤谷。何かあるか？」

綾郁は顔を上げ、かぶりを振った。

「ほかには特に何もないようですね。とりあえず、袋の底に少量溜まっている腐敗液と、この土みたいなものをもらって帰ります」

「それしかないやろな」

山原主任は投げやりな口調でそう言い、都筑に言った。

「とにかく、今日んとこは、このまま様子見ですわ。先生方には、ホンマにご迷惑をおかけして、申し訳ありません」

「いやいや。まあ」

人のいい都筑は、気の毒そうに曖昧な返事をする。

「いやあ、また明日あらためて、連絡させていただきますわ。ほな、ワシらはこれで。藤谷、行くで」

「あ、はい。じゃ陽ちゃん、悪いけどこれ、よろしく」

腐敗液をチューブに八分目ほど採取した綾郁は、スポイトを陽一郎に手渡し、赤いプラスチックのキャップをしっかりと締めた。

「じゃ、お互いわけがわかんないけど、仕事頑張りますか」

綾郁の言葉に、ミチルと伊月も顔を上げた。

「そうね。また、何かあったら連絡して」

「お疲れさんです」

綾郁は、山原主任について、解剖室を出ていった。後に残ったのは、「遺体を目撃した」面々と、陽一郎、それに清田である。

「あの女の人が入っているはずの袋が空になっていて、残っているのは、腐敗液となんだかわかんない土、それに髪の毛一本……。どうしようもないっすね」

伊月はそう言って、一同を見回した。

「やっぱし、何もないか」

「もう、何もないようです。まるで、山中の腐乱死体を入れてあったみたいな感じの中身としか言いようがないわ」

ミチルはそう言って、手袋を外した。どうやら、見るべきものは見たらしい。そして、何か言いかけたミチルは、ハッとして筧に言った。

「そういえば、あれがあるはずじゃない！」

「は？　あれって何ですか？」

皆の様子を離れて見守っていた筧は、ミチルの言葉に驚いて、大きな目を見開いた。

「写真！　現場で写真撮ったんでしょう？　鑑識さんも、刑事さんも！」

「そうだ、そうだよ。写真見れば、あの遺体が確かにあったって、わかるじゃねえか！」

伊月も勢い込んで言葉を添える。

だが筧は、中村警部補を見て、顔を曇らせた。

「はあ、それが……」

「……どうしたの？」

歯切れの悪い口調で答える筧に、ミチルは眉を顰める。

筧は再度上司の顔を見て、それから、大きな手で短い髪を掻いた。

「それが、その……現場のポラが、何故か調子悪くて、写せんかったんです」

「ええっ？　それって、カメラが壊れてたってことか？」

親友の問いに、筧は曖昧に頷く。

「んー。壊れてたんか何か知らんけど、とにかくちゃんと写らんかったんです。ゲーセンの外観とか、店内の様子を写した何枚かはちゃんと撮れたんですけど、肝腎のホトケさんを撮ろうとしたら、さっぱり」

「じゃあ、普通のカメラは？　鑑識さんのポラロイドは一台でも、普通のカメラは複数あったでしょう？」

「それが……。もちろん、僕らもそれ思い付いて、すぐチェックしたんです」

「で？　それも写ってないとか言うなよ？」

「僕かて言いたないけど」

筧は、伊月の非難の眼差しに、ボソボソと答えた。

「なーんも写ってへんねん……」

「それ、全然意味ないじゃねえか」

「そうなんや」

筧は、敬語を使うことも忘れ、いかにも申し訳なさそうに、また頭をバリバリと掻いた。

「写真さえあったら、科捜研の連中にも本店にも、もうちょっと身ぃ入れて話聞いてもらえると思うんですけどね。あのホトケさんの身元も、もっと調べようがあるし」

中村警部補が、疲れた口調で言った。

「とにかく、僕らもこんなん初めてで、上も下も右往左往ですわ。……先生、ホンマんとこ、どう思いはります？　この極楽袋の中身といい、写真といい……」

「そんなもん、写真は君んとこのカメラがお粗末やったんやろう。普段からときどき、解剖の時にカメラの具合おかしい言うてるやん」

都筑は、腕組みして疲れた表情で言った。はあ、と中村警部補は恐縮しきりで腰を低くする。

「確かに僕らはあのご遺体を見た。それは僕ら全員で保証したるし、何やったら、あの店の従業員とか救急隊員からも、話聞けるやろ？　袋の中に腐った水が入ってようと何があろうと、あったもんがなくなったっちゅうことは確かなんやで？」

「はあ……。そのとおりです」

「捜さんと仕方ないやろ。うちかて、できることは手伝う。唯一取れた毛髪は、君が責任もって分析してくれるんやな。伏野先生」

「ええ。森《もり》君と一緒にやってみます。死者のものとは限りませんけど」

ミチルが頷くと、都筑は真面目くさった顔で言った。

「僕らにできることは、今はこれだけや。それ以上頼られても、どうしようもないで」

「はあ……」

中村警部補は、救いを求めるように、ミチルと伊月を見た。だが、二人にしても、言えることは都筑と同じである。

「すいません。……とりあえず、また経過をご報告させていただきます」

そんな力無い中村警部補の一言を合図に、筧はしおしおと極楽袋を畳み始めたのだった……。

間奏　飯食う人々　その二

その日の午後十時前。

結局、何の収穫もなく、一同は解散することとなった。

誰もいないセミナー室のテーブルの上には、陽一郎が帰り際に淹れていったコーヒーのカップが、無造作に置かれたままになっている。

「君らもはよ帰り。いつまでここにおっても、今日んとこはどないもならんで」

そんな言葉を残して都筑は先に去り、清田と陽一郎もさっさと帰宅した。

今、実験室に残っているのは、ミチルと伊月と……そして、筧であった。

本当は、中村警部補と共に署に戻ろうとしていた筧だったのだが、何を思ったか、ミチルが不意に、

「あのう、何時間か筧君をお借りしてもいいでしょうか？」

と言い出したのだ。

中村警部補は、ちょっと逡巡したが、この際、下っ端刑事を貸し出して、法医学教室に恩を売っておこうと思ったらしい。あっさりと筧を置いて帰ってしまった。

それで筧は、自分がなぜ引き留められたかわからないまま、居残っているのである。

実際、中村警部補が去ってから、伊月と筧は、ただ実験室のスツールに並んで腰掛け、ミチルの作業を見ているだけだった。

ミチルはまず、毛根部分だけを切り取り、残りの部分を、陽一郎のためにハトロン紙に包んだ。

次に、毛根部をエタノールで綺麗に洗浄して、付着した腐敗液を落とす。そしてキムワイプというティッシュの上で軽く乾燥させ、そして再び紙に包んでサンプルを入れておくプラスチックのケースにしまい込んだ。

「さて、とりあえずはここまで」

ミチルはそう言って、ケースの蓋を閉め、振り返った。

「あら、二人ともまだそこにいたの？」

「まだいたの、はご挨拶だな」

スツールに腰掛け、長い足を無造作に組んだ伊月は、不満げに口を尖らせた。いつもは整いすぎて冷たく見える伊月の顔も、そうすると妙に子供っぽくなる。

「ＤＮＡ、抜けそうですか？　抽出まで、今日やっちまうのかと思ってた」

「ううん。抽出には、ＩＳＯＨＡＩＲっていうキットを使うことになるんだけど」

ミチルは、各種キットの使用説明書を挟んだファイルを取り上げて、伊月の目の前で振ってみせた。後で読んでおけというアクションらしい。

「はあ。あの、髪の毛を酵素でうりゃっと溶かすアレでしょう？　今、やらないんですか？」

「だって、まだ使う目途が立ってないから」

「そりゃそうですけど」

「まずは、陽ちゃんに血液型検査をやってもらうわ。それから、本当に必要になったとき、抽出をするの」

「何でですか？　ＤＮＡの形にして、とっといたらアカンのですか？」

伊月と並んで、眠そうな顔でスツールに腰掛けていた筧が、控えめに訊ねる。

「んー。これが新鮮な試料で、いくらでもサンプルの予備があれば、テストがてらそうするでしょうね。抽出したＤＮＡ溶液は、だんだん劣化していくの。新鮮な試料から取れた、いい状態のＤＮＡなら、少々劣化したってどうってことはないけど、これは……クオリティがよくわからない試料だし、しかも一本だけだから」

ミチルは、自分の首まで伸びた茶色い髪をピッと引っ張りながら言った。

「必要になるまで、後生大事にとっとく」

「なるほどね。じゃあ、筧を借りた理由は？」

自分のことが話題になったので、筧はほとんど条件反射のように背筋を伸ばす。

ミチルは立っていって流しで手を洗い、タオルで手をぬぐいながら言った。

「晩ご飯」

「は？」

伊月と筧の声が被《かぶ》さる。

「み、ミチルさん……。わざわざ筧と晩飯食うために、こいつを引き留めたんすか？　そういう趣味だとは知らなかったっすよ、俺」

「ばーか。そうじゃなくて、筧君は真面目だから、むりやり休憩時間を作ってあげないと、きっと飲まず食わずで頑張っちゃうでしょ？　……昼、食べた？」

筧は、恥ずかしそうに頭を掻いた。

「いえ、食べてへんです。……それどころ違ったんで。せやけど、みんな頑張ってますから。お心遣いはありがたいんですけど、僕、やっぱり戻らんと……」

立ち上がり、ぺこりと頭を下げた箟を、ミチルは笑いながら引き留めた。

「ああ、違うの。それだけじゃないのよ。箟君に、いろいろ話を聞こうと思って」

「はあ、話ですか?」

「あ、わかった」

伊月は組んでいた足を解き、勢いよく立ち上がった。

「例の、消えた死体のミステリーを、ちょいと三人で追いかけてみようってわけだ」

「そう。だって、こんな感じ悪いことってないじゃない?」

「すいません」

箟は、大きな体を小さくして詫びた。上司も部下も、今日は午後からずっと謝り通しなのだろう。ほとんど「すいません」が口癖になってしまっているらしい。

「嫌味で言ってるわけでも責めてるわけでもないわよ。ただ、もっと話を聞きたいだけ。ね、晩ご飯奢ってあげるから、行こうよ。何食べたい? 二人とも」

伊月と箟は顔を見合わせ、同時に答えた。

「焼き肉!」

そういうわけで、十数分後、彼らは大学近くの焼き肉屋にいた。

酒の飲めないミチルと、まだ勤務中の箟は、ウーロン茶を注文する。自分だけ生ビールを注文するのは気が引けて、伊月は仕方なく、コーラを頼んだ。

「こんな健康的な焼き肉、何年ぶりだろ」

そんな伊月の言葉を合図に、三人はグラスを合わせた。

「お疲れさまと……いなくなった遺体がヒョッコリ出てきてくれることを願って？」

「うはー」

乾杯の理由が情けないので、ガラスがぶつかる音も、心なしか力無い。

「ホンマに、どこ行ってしもたんやろう。帰るに帰られへんので、現場にいたもんは全員居残ってるんですけど、捜しようもないんですわ」

「そりゃそうよねえ」

肉を適当に網に載せながら、ミチルは言った。

「だけどさ。何をどんなに言ったたって、科捜研も府警本部も、今ひとつ本気にとってくれやしないと思うのよ。……実際に遺体を見てないんだから。どうなの？」

「僕は下っ端ですから、上がこの件をどうするつもりでいてはるんかは……ちょっと何とも」

筧は、普段の彼らしからぬ歯切れの悪い口調でそう言い、トングで盛んに肉をひっくり返した。

「ねえ、中村さんは、ちゃんと私たちに全部話してくれてるの？　隠し事はなし？」

そんな筧の顔を斜め下から覗き込むようにして、ミチルは訊ねた。

筧は、太い眉をハの字にして答える。

「隠してはおらんと思います。僕自身は、裁判所に令状貰いに行ってましたから、遺体がのうなったときの状況は見てませんけど」

「けど？」

筧が焼いた肉を横取りして容赦なく頬張り、伊月が先を促した。

「僕のすぐ上の先輩が、運転手しとったんですわ。後ろ開けて、極楽袋が空なんに気がついたときは、係長と二人で放心状態になったたって言うてましたし」

「そっか……。ねえ。こんなこと、筧君に訊いても仕方ないかもしれないけど」

「何ですか？」

ミチルは、筧の皿に肉を入れてやりながら、考え考え言った。

「遺体はどうしてなくなったんだと思う？」

「……わかりません」

しばらく考えていた筧は、しかし結局、素直に答えた。

「正直言うて、遺体がのうなるまで、僕ら、あれは普通の事故死やと思うてたんです。せやから、現場に行った人間は最小限やったし、ポラの調子が悪くても、まあ普通のカメラで撮っといたらええと思っとって」

「その時は、まさかそっちのカメラまで写らないなんて、思わないわよねえ」

「そうなんです。係長も、先生方にチラッと言うてましたけど、どうせ自己転倒やろうから……」

「私たちに解剖させて、死因さえしっかり書かせれば、それで一件落着。身元も、所持品はなくても近所の事務員なら、すぐに知り合いが見つかるだろう。そう高を括ってたってところかしら」

「あー、そりゃそんなとこだろうけど、お前の口からそうは言えねえよな。筧」

「死んでも言われへん」

伊月の助け船に、筧は勢い込んで頷く。その言葉と仕草が、ミチルの言葉を明らかに肯定してしまっているのだが、本人はそんなことにはまったく気づいていない。

「何かさ、都筑先生の言うことはわかるんだけど……」

「俺たちにはできることは何もないから、せいぜい警察が頑張れって台詞ですか？」

「うん……熱っ」

ミチルは、さっきから丹念に焦げる寸前まで焼いていたカルビをチシャ菜に包んで頬張りながら、頷いた。

「確かに、消えた遺体を捜すのは警察の仕事だけど、だからといって、何もせずに待ってるのは嫌なの」

「どうして?」

伊月は、答えがわかっていて、あえて意地悪に訊いてみた。ミチルは、口直しに菜っぱだけをパリパリと囓《かじ》りながら答えた。

「やっぱり、あの遺体を見ちゃった時点で、この件に関しては、変な言い方だけど、何か責任みたいなの感じちゃうのよ」

「責任? 先生方には、何の責任もあらへんですよ。通りかかったところを無理矢理捕まえて、現場見せたんですから」

「んー、でも、このまま落ち着いて待ってるなんて、できそうにないんだもん」

「ミチルさん……。意外につきあいいいんですね」

「意外に、じゃなくつきあいいいじゃない。あんたたちに焼き肉奢るの、春から数えてもう五本の指じゃ足りないわよ」

「う、そういえば」

「ごちそうさんです。いつもすんません、僕まで」

伊月は両手を合わせてみせ、筧は箸を持ったまま、深々と頭を下げる。

「いいの。今日は魂胆《こんたん》があってのことだし」

「魂胆……ですか？」

ミチルの意味ありげな笑みに、筧はちょっと引き気味に訊ねる。ミチルは頷いて、言った。

「ねえ、今、現場はどうなってるの？」

「は？　現場ですか？　ホトケさんがおらんようになってから、何度か現場にも行きましたけど。せやけど、特にこれ以上、手がかりもなさそうなんです。あんまりしげしげ行っとったら、何かあったんかって店の人に怪しまれそうやし、営業妨害やて言われても困るんで……」

「じゃあ、もう普通に営業してるんだ？」

「はい。あそこ、朝の五時までやってるそうですから」

「凄い。そんな時間まで、ゲームやってる人がいるんだ。朝は何時から？」

「ええと、確か午前九時開店だったと思いますけど」

「そうなんだ……。ねえ、もう一度、三人であのゲームセンターに行ってみない？」

「げ。そう来るような気がしてたんだ、俺。……あ、すいません。ハラミとレバー、三人前追加。それと、キムチ盛り合わせ一つ！」

伊月はげんなりした顔で、しかし通りかかった従業員に、肉の追加注文をする。筧は、箸を置いて身を乗り出した。

「先生、何か気になること、あるんですか？」

その声には、期待が込められている。だがミチルは、あっさりと「ないわよ」と言った。そして、筧が肩を落とす前に、言葉を継いだ。

「だけど、何ていうの？　私や伊月君は、警察とは少し違う目で、現場を見られるかもしれない。行ってみたいの。このまま さらっと家に帰るのは嫌な気がして」

「あ、それは俺もですよ。スッキリしねえ」

伊月はそう言って、筧の肩を叩いた。

「近くだし、ぶらっと遊びに寄るだけってことで、いいだろ？　ちょっとつきあえ」

「あ、うん。僕はええよ。どうせ、署に戻るだけやし」

筧はようやく笑みを見せ、頷いた。

「すんません。ほな、喜んでお供させてもらいます。よろしくお願いします」

「そうこなくちゃな。だけど、その前に腹ごしらえ！　ミチルさん、石焼きビビンバ頼んでもいいっすか？」

伊月は、ミチルの返事も聞かないうちに、店員に向かって手を挙げた。


それから三十分後。三人は、事故現場となったゲームセンターに再び来ていた。

「えっと、あそこだったよな」

昼間見た現場の記憶を辿りつつ、伊月が先に立って歩く。

店内には、信じられないほどの音量で邦楽ロックが流れており、声をうんと張り上げないと、互いの声が聞こえない。

「そういえば、昨日、伊月君たちが来たのは、このゲームセンターじゃないの？」

「違いますよ。俺たちが行ったのは、駅の近くにあるゲーセンのほうです」

「そうなんだ……。ああ、ここだわ」

ほとんど叫ぶように言葉を交わしながら、三人は、事件の「現場」となったゲーム機の前に立った。

ゲームセンターの中には数人の客がいたが、ダンス・ダンス・レボリューションのコーナーは、幸い無人である。

「一時は、いつも凄い人気だったのにね。流行も、すっかり落ち着いたのかしら」

「そうかもしれへんですね。昨日んとこはけっこう繁盛してましたけど。誰か上手い人がおると、あっという間に人だかりができるんですよ。みんなするんはアレやけど、見るんは好きですからね」

筧は、そう言ってニッコリした。

「ええと、この台で間違いないよな。ミチルさん、現場見たいって、要はこの台の周辺を見たいってことっすか？」

伊月に問われて、ミチルは頷く。

「そうね。まずは、初心に返って、この台から見直したいわ」

「了解。お、これ、昨夜のより新しいバージョンだ」

伊月は嬉しそうな顔をすると、性懲《しょうこ》りもなく台に飛び乗った。

「あ、こらタカちゃん。現場見るんやろ、遊ぶんやのうて」

慌てて止めようとした筧に、ポケットから小銭を探り出した伊月は、不満げに鼻を鳴らした。

「ばーか。俺たちには捜査権なんかねえんだぞ。お前だって、お巡りでも、下っ端だろ。勝手にこんなとこで捜査やら聞き込みやら、しちゃいけねえんだろ？」

「……ん、まあ、そうやね。聞き込みくらいやったらええんやろうけど、上司に知れたら、勝手なことすんな言うて、滅茶苦茶怒られるやろな」

「だろ。だから、何の問題もなくこのマシンを観察するなら、誰かが遊んでたほうが。客っぽくていいだろうが」

「そ、それやったら僕が……」

「馬鹿野郎。お前じゃ、上手すぎて、ギャラリー集まっちまうだろうが。俺が進んで恥かいてやろうっつってんだよ」

伊月は投げやりに言って、スロットに百円玉を滑り込ませた。足元の矢印を何度か踏んで曲を選択すると、店内のＢＧＭにうち勝つほどのけたたましいボリュームで、音楽が流れ始める。

「よーし。じゃ、ミチルさん。俺は見なくていいから、現場、気の済むまで見てくださいよ。いいっすか？」

「うん、ありがと」

ミチルはそう返事したものの、ついジャンプを始めた伊月を見てしまった。次の瞬間、あまりのことにブッと吹き出す。

幸いにも、ゲームに熱中しているせいと音量が凄いせいで、伊月は気づかなかったらしい。が、そのアクションは、普段の格好をつけた服装や態度から考えると、あまりに不格好だった。まるで、壊れたゼンマイ仕掛けの人形である。

なにしろ、画面に現れる矢印の指示と、伊月の踏む矢印が、まったく一致していないのだ。失敗を示す「ＢＯＯ！」の文字が、画面に数限りなく現れては消える。

背後でミチルと並んで見ている筧の肩も、細かく震えていた。

「お……お言葉に甘えて、『現場』を見ないとね。筧君も」

ミチルは、笑いを必死で嚙み殺しながら、筧の肩を叩いてマシンの左側に回った。筧もミチルに続く。

ミチルはジーンズのポケットから、昼間ここで描いたスケッチの紙を取り出した。

「じゃあ、もう一度、確認しましょう。くだんの女性はこの上に仰向けに倒れていて、モニターに向かって左側に足があったのね。そして、右側に頭。ちょうど、挫創のあったあたりに、この台の縁が当たってた。そして、靴が、ちょうど私の今いるあたりに落ちて……」

ミチルと筧は、できるだけ伊月を見ないように努力しつつ、さりげなく一段高くなったダンス・ダンス・レボリューションの舞台を眺めた。

この上に倒れていた女性の姿を思いだし、スケッチと舞台を見比べて、頭の中でその状況を再現してみる。

「やっぱり、どう考えても本物の死体だったわよねえ」

「ですねえ。何か、今でも夢見てるみたいですわ」

「うん。綺麗に掃除されちゃってるし。……あ、筧君、まさか現場の血液なんて、採取してないわよね？」

「はあ、すんません。まさか、こんなことになると思わんかったんで、解剖室で採取する分で十分やろと……」

「そうよねー。店の人だって、床拭いた血だらけのモップ、いつまでもそのまま置いとかないでしょうしね」

怒鳴り合うような声量で、ミチルと筧は語り合う。

「こっちが頭側……」

次いで二人は、舞台のモニターに向かって右側、つまり女性の頭があったほうへと移動した。

「伊月君、私の手、踏まないでね」

床にしゃがみ込んだミチルは、ドタドタと不細工な音を立ててジャンプや足踏みを繰り返す伊月に、大声で言った。

「んな……こと言ってる……場合じゃ」

まったく余裕のない口ぶりで、伊月が言い返してくる。画面の動きを追うのに懸命で、ミチルに目を向けることもできないらしい。

ミチルは、中村警部補が「女性が転んでそこで頭を打った」と推測した舞台の縁を、そっと指先で撫でてみた。

刃物の鋭さとは比べようもないが、それでも十分な硬さとハッキリした角を持っている。

「確かに、ここで思いきり転んで後頭部を打ったら……相当のダメージだわね。特に、本人に心の準備ができてない状態だと、脳のダメージが起こりうる……」

ミチルが呟いたその時……。

「うわああっ！」

伊月の悲鳴が、音楽と同じくらいのボリュームで、頭上から降ってきた。

「先生、危ないっ」

次の瞬間、筧がミチルの両肩を掴んで、後ろに引く。ミチルは、ペタンと床にお尻をつくような格好で座り込んでしまった。

「きゃっ」

と、さっきまでミチルの頭があった場所に、ドスーンと伊月の肩が落ちた。

「……ってー！」

右肩を押さえ、伊月が呻く。

「ど、どうしたのよ」

「大丈夫か、タカちゃん」

尻餅をついたままミチルは大きな目を見張り、筧は舞台に駆け上がって伊月を助け起こした。

「痛ぇ……。足滑った」

硬いプラスチックと金属の舞台で、したたかに打ったのだろう。伊月は上体を起こして腰をさすりながら、綺麗な顔を惜しげもなく歪めた。

「あーあ。昨夜に続いて、今日もやなあ」

筧は、小言を言いながらも、伊月の背中をパタパタと払ってやる。

「そっか」

よっこらしょっと立ち上がり、ミチルは感心したように舞台を見下ろした。

「……あ？」

まだ立ち上がれないまま、伊月はミチルの顔を見上げる。

「確か、ここで死んだあの女性と伊月君って、身長が二十センチ以上違うでしょう。今、伊月君の肩がこの縁んとこに激突したってことは、彼女が足を滑らせたとして、後頭部の真ん中あたりを同じ場所にぶつけても、不思議じゃないわね。うーん、あの頭部外傷の原因については、中村さんの読みが、あながち間違ってない感じだわ」

「……あんた、俺の心配はしてくれないんですか？」

恨めしげに、伊月は涙目でミチルを睨む。相当痛かったらしい。

「ゴメンゴメン。だいじょぶ？」

ミチルは笑いながら、伊月に手を差し出した。その手を取ってようやく立ち上がった伊月の許《もと》へ、従業員が飛んでくる。

「お客さんっ、大丈夫ですか！　……あーよかった。昼間のお客さんみたいになってたらどうしようかと思った……って、ゲッ。あんた、お巡りさん。また……」

まだ若い、おそらくは十代だと思われる従業員は、心底ホッとした顔で言ったとたん、筧に気づいて顔を強張《こわば》らせた。

「あ、も、もう仕事終わって……友達と遊びに来ただけや」

筧は苦し紛れの言い訳をするが、嘘をつき慣れていないので、どうにもしどろもどろになる。

「ホンマですか？　もう、オレ、これ以上客足落ちたら、店長からクビや言われてるんですから、これ以上警察の人にウロウロされたら困るんですわ」

従業員は、真面目な顔でそんなことを言った。ミチルは、さっそく彼に訊ねてみた。

「もしかして、昼間の死体を見たの？」

従業員は、綺麗に脱色した金髪に片手を当て、はあ、と苦笑いした。

「ちょうど、この台だったんすよ。今はそうでもないですけど、昼はもう、野次馬はおるわ警官はおるわ、商売どころじゃなくて。店長に怒られました。お前らがサボっとるからや、って」

「へえ……。ここに倒れてたんだ」

ミチルは何も知らないふりを装って訊ねる。伊月と筧も、ノロノロと台を降りながら聞き耳を立てた。

従業員は、どこか得意げに両手を伸ばし、女性が倒れていた場所を示した。

「こんな感じでね、台の上にホンマ、伸びてますって感じで倒れてたんですよ。俺、ビビって倒れそうになりましたもん」

「そうなんだ。じゃあ、片づけとかも大変だった？　この台とか、どかして拭かないといけなかったんじゃない？」

「そうですよ。拭きまくって、アルコールで消毒して、それでも何か気持ち悪いって、店長がハイター撒《ま》いて拭いてました」

「……そうなんだ。大変だったのね」

ミチルは、ちらと筧と伊月を見る。二人とも、複雑な顔つきをしていた。

従業員は、頭をボリボリ掻きながら、筧をうさんくさそうに見て言った。

「ねえ、お巡りさん。あれ、やっぱ明日の新聞に載ったりするのかなあ」

「え……あ、いや、まあ、今調べてるとこやから。記事にはちょっと……」

「へえ。まあ、あんま記事になってほしくないっすよね。ああでも、かえって宣伝になったりするかな」

「気持ち悪がる人のほうが多いと思うわ」

ミチルの助け船に、従業員は、ふむふむと頷いた。

「そうっすね。ま、お客さんたちも気をつけてくださいよ。俺、一日で二人も死人出したバイトだって言われんの嫌ですし……。あ、はいすぐ行きます！」

客から両替機が故障だと叫ばれて、従業員は慌てて立ち去った。

ミチルは、床に膝をついてみた。台を動かした跡が床に残っている。舞台の上にも、当然だが血痕は残っていなかった。

「ミチルさん、何考えてんですか」

伊月が不思議そうに訊ねた。だがミチルはそんな言葉も耳に入らないように、残念そうに言った。

「うーん、やっぱり血痕は残ってないか」

「アルコールにハイターまで撒かれちまうと、ちょっと検出は辛いっすね。この床だと染み込みもしねえだろうし」

伊月はコンと床を蹴って言った。

「そうねえ。血痕でもあれば、あの人がここで死んだって証明が……ん？」

ふと、舞台の縁の金属と、プラスチック板の間に爪を差し入れたミチルは、短い爪先に挟まった物に、目を輝かせた。

「これ……」

「はあ？　うわ、汚ねえ、ゴミじゃないですか」

差し上げた指先に顔を近づけた伊月は、顔を顰めた。ミチルの爪の先には、何やら黒っぽいものがわずかに入り込んでいたのである。

ミチルはムッとした顔で言い返した。

「わかんないわよ。もしかしたら、これ血痕かも。この隙間に入り込んだのだけは、拭き取れずに残ってたのかもしれないわ」

「けど、どう見てもそんな新鮮な血痕の色じゃないっすよ、それ。やっぱゴミでしょ」

「僕にも、ただの埃に見えますけど」

筧も不思議そうに呟いた。

だがミチルは、二人の疑問符だらけの顔など気にも留めず、鞄の中からシャープペンシルを取り出した。

その先端部分を境目に突っ込み、埃のような黒っぽいものをゴリゴリとほじり出す。そして、粉状になったそれを、大事そうにちぎったメモ帳に取り、薬包のように包んだ。

「これでよし。行きましょ」

そう言って、伊月と筧の背中を同時に叩き、ミチルはさっさとゲームセンターを出ていった。伊月と筧も、仕方なくミチルについて大音響のゲームセンターを後にした。

「いったい、何考えてんです？」

伊月は、呆れ果てたように、前を行くミチルに問いかけた。

「それが血痕だなんて、ちょっと強引っすよ。ただの黒っぽいゴミでしょう」

「そうかも。でも、何もしないよりは、何かしたほうがましよ」

伊月と筧は顔を見合わせ、無言で肩を竦め合う。一同は、それきり何も言わず、駅前で解散した。

ひとり、駅のホームで電車を待ちながら、ミチルは不思議な興奮を感じていた。

今、鞄の中に入っている小さな紙包み……その中の黒い粉末が、「何か」やらかしてくれそうな予感だけが、ミチルの胸に広がっていた……。

三章　だんだん遠くなって

「やあ、おはよう田中《たなか》さん！　今日もいい天気だぞ」

兵庫県監察医、龍村泰彦《たつむらやすひこ》の一日は、朝の元気な挨拶から始まる。

K大学医学部の校舎の一角にある監察医務室。その扉を開けると、一足先に来ていた事務員の田中が、うんざりした顔で書きかけの書類から視線を上げた。ずり落ちた老眼鏡を押し上げながら、龍村に挨拶を返す。

「おはようございます、先生。いい天気どころか、朝から暑うてたまりませんわ」

「夏が暑くないと、気持ちが悪いだろう。僕なんか、朝からジョギングしてきたぜ？」

まだ三十歳を一つ二つ出たばかりの龍村である。一日に何体も、一人で解剖をこなすハードな労働環境にもかかわらず、まだ、朝から走り込む余裕があるらしい。

田中は、おやおや、と呆れたように首を振り、老眼鏡を外した。

「若いってええですねえ。その有り余る元気で頑張ってくださいと言いたいところですけど、今日は今んとこ、なーんも入ってませんわ」

田中はそう言いながら、よいしょと腰を浮かし、やかんを火に掛けた。

どんなに暑い夏の日にも、田中は午前と午後、一度ずつ熱いコーヒーを淹れる。それが、彼女の、数多い日課の一つなのだ。

「そうか、今日はまだ解剖が入ってないのか」

龍村は、芳しいコーヒーの匂いに鼻をひくつかせながら、予定がまだ何も書かれていない黒板に背を向け、奥の部屋に入った。

「では、朝の暇なひとときに、解剖データをパソコンに入力するかな」

「あら先生。今日はデスクワークの日ですか」

「出来るときにやっておかないと。月末でいいと思っていたら、その頃に地獄のような解剖ラッシュになりかねない」

「まあ、賢くなったこと」

田中は息子ほどの年齢の医者をからかって、自分の席に戻った。何人かの遺族から、死体検案書の追加発行を依頼されていて、彼女のほうは龍村とは違って忙しいのだ。

「田中さんのご指導あるいは小言のおかげでね」

龍村は、湯気を立てているコーヒーを啜りながら、パソコンの起動スイッチを押した。

塗り壁のような巨体を屈《かが》め、長々と続く起動画面をぼんやりと見る……と。

電話の呼び出し音が鳴り響いた。警察電話ではなく、一般電話である。田中が受話器を取ったらしく、コールは一回で切れた。

龍村は、解剖症例の死因データを統計ソフトに打ち込むために、エクセルのアイコンをダブルクリックした。

「龍村先生、お電話ですよ」

だが、田中が、ロッカーの向こうから声をかけてくる。

「ああ、はい」

パソコンから身体をねじ曲げるようにして、龍村は赤い受話器を取った。

「もしもし、お電話代わりました。龍村ですが」

『おはよう。今、忙しい？』

その女性にしては低めの声の持ち主は、名乗られなくても龍村にはすぐわかった。

O医科大学法医学教室の助手、伏野ミチルである。同じ年に法医学会に入った龍村とミチルは、若手の少ないこの世界では、貴重な「同期」なのだ。

「おはようさん。お前、小学生じゃあるまいし、名前くらい言えよ」

『田中さんに言ったわよ。それより、今いい？』

「ああ。今日はまだ解剖が入ってないから、構わんさ。どうした？」

『んー、一つは今月の非常勤の当番のことなんだけど、日を変えてほしいの』

ミチルは、月に一、二度、兵庫県の非常勤監察医としても勤務している。大阪市の監察医務室には数多くの非常勤監察医が所属しているので、そこより規模が小さく、人手の足りない兵庫県のほうに出張しているのだ。

「ああ、別にいいよ。いつに？」

龍村は、ソフトを立ち上げ、データを打ち込み始めながら訊ねた。

『ちょっとまだわからないんだけど。できたら、次の月曜日はキャンセルしたいの。もしかしたら、来月に埋め合わせってことになるかも』

「わかった。……何か、ややこしい事件でも入ったのか、そっち」

『んー。ちょっと無言の箝口令《かんこうれい》が敷かれてる感じ。少なくとも、この電話じゃ言えないわ』

「何だそりゃ。まあいい、無理には訊かないさ。で、もう一つの用事は？」

『あのね、法医学会のメーリングリスト、見た？』

ミチルの問いに、龍村は初めて仕事の手を止めた。

「いや、今朝はまだだ。何かあったか？」

『あのメーリングリストの管理人って、M大学の徳山《とくやま》先生だったわよね？』

「ああ。でも、徳山先生は今、海外出張中だ。その間の管理は僕がすることになってる。管理と言っても、何かあったら徳山先生に連絡するだけの役割だがね」

『あ、やっぱりそうなんだ。じゃあ、ちょっとメール読んでみて、代理管理人さん』

「わかった」

龍村は、メールソフトを立ち上げ、新着の電子メールを読み込んだ。

法医学会のメーリングリストとは、登録した会員に与えられる、いわゆる「交流や意見交換の場」である。メーリングリスト用のメールアドレスに投稿すると、それが登録会員全員に送信され、皆がそれを読んだり、それに対する返信を送ったりすることができるシステムだ。

新着メールは十二通、その中で、メーリングリスト関係は二通だった。

「ふむ？　一通はK先生か……。こりゃ、ただの求人広告だな」

『それはどうでもいいの。その次の奴』

「ふむ。……何だこりゃ」

もう一通のメールを開いた龍村は、仁王のように大きな目を見開いた。

そこには、ただ一行、こんなメッセージがあった。


風太がずんこを殺した。


龍村は、思わず受話器を持ったまましばらく絶句し、画面をしげしげと見た。

「『風太がずんこを殺した』……こりゃ、何の冗談だ？」

『さあ。差出人の記載はないし、会員のいたずらとは思えないでしょう。一応、あんたに知らせておいたほうがいいと思って』

「ああ、ありがとう。……まあ、そうだな。メーリングリストのアドレスなんて、どこから簡単に漏れそうだからなあ。だが、メッセージの内容がいかにも剣呑《けんのん》だ」

『法医学会のメーリングリスト、ってことを考慮に入れた嫌がらせかもしれないけど。まあ、ホームページの掲示板と違って、もう全員に送信されちゃってるから、無言で削除はできないわね。みんながきっと不審に思うでしょうし、何かフォローのメッセージを入れて、あと、徳山先生に一応知らせたほうがいいんじゃないかしら』

「そうだな、そうしよう。教えてくれて助かった。ありがとう。……ああそうそう、僕もお前に用事があるんだった」

『何？』

電子メールの一文を繰り返し眺めつつ、龍村は言った。

「こないだ、お前に借りた本、そろそろ返さないとな。今日はどうやら暇そうなんだが、仕事が上がったら、こっちに寄らないか？　お礼に飯でも奢るよ」

海老で鯛を釣ったかしら、とミチルは受話器の向こうで笑った。

『わかった。じゃあ、できるだけ早く、監察医務室に行くようにするわ。お互い、解剖で駄目になりそうなときは、スマホで連絡ってことでいい？』

「ああ。じゃあ、夜にな」

龍村は、受話器をおいて、ううむ、と腕組みした。

「風太がずんこを殺した。風太はまあ人名だろうが、ずんこってのは何だ。人の名前にしちゃ、えらくエキセントリックだな。ペットか？」

ずず、と行儀悪くコーヒーを啜り、龍村は首から下げたスポーツタオルで、額の汗を拭った。冷房の効いた部屋でせっかく引いた汗が、熱いコーヒーのせいで再び噴き出してくるようだった。

「……まあ、とにかく、これ以上続かなけりゃ、ただの悪戯だな。対策も含めて、徳山先生に連絡するか」

龍村は、せっかく膝の上に開いたファイルを閉じてテーブルに置き、立ち上がった。

「はい、先生。コーヒーどうぞ」

二度目のコーヒーを机に置かれて、龍村はビックリしたように田中の顔を見た。

「もう、そんな時間ですか」

「ですよ。今日は平和でしたねえ。お仕事はかどりましたでしょ」

田中は、ニコニコして自分の腰を拳で叩いた。

「私も、溜まった書類書きの仕事が片づけられましたわ」

「ワイドショーもしっかりチェックできたし？」

「あら嫌だ、それは言わない約束でしょ。それより先生、そろそろ帰り支度しはったら。帰れるときは、早く帰ったほうが」

「いや、今日は待ち人ありだから、僕はもう少しここにいますよ。どうぞお先に」

「あら、こんな日に限って、残念ですわねえ。それじゃ、お言葉に甘えて」

った。

「はい、お疲れさん」

何か予定があるのだろう。田中は、いそいそと帰り支度をし、監察医務室を出ていった。

「さて、それじゃ、一息入れるか」

結局、一日待ち続けて、来たのは山中で発見された、骨が一本。しかも、持ち込まれたそれは、人間のではなく、イノシシの脚の骨だった。警察は「ああ、事件と違ってよかった」と大喜びで帰ったが、龍村にしてみれば、いかにも拍子抜けである。

龍村は、着替えたものの出番のなかったケーシーの襟ボタンを外そうとして、ふと手を止めた。田中の机の上で、警察電話が鳴っている。

「おいおい、この時間から解剖か？　勘弁してくれよ」

龍村は、立っていって受話器を取った。

「はい、監察医務室」

『あ、もしもし先生ですか。N署ですが、一件入りまして』

龍村はチラリと壁掛け時計を見上げた。四時三分。仕事を受けるか、翌日回しにするか、微妙な時間帯である。

「……どんな事件ですか？」

龍村の野太い声に、探るような響きを感じ取ったのか、電話の向こうの声は、慌てたように早口になった。

『いや先生。あれですわ、首吊りですねん。あれでしたらすぐお迎えに行きますし、現場見て検案書書いてもろたら、それで』

「自殺、ですか？」

首吊りと言われれば自殺と言われたも同然だが、龍村は一応念を押してみた。

『ええ。遺書めいたもんもありまして。どうされますか？　ホトケさん、そちらに持って行きましょうか、それとも……』

龍村は、ちょっと考えた。ミチルは、午後六時より先に職場を出ることはないだろう。現場を見て、検案し、書類を発行して帰ってくるだけなら、彼女を待たせずにすむはずだ。そう思った龍村は、こう答えた。

「現場に行きますよ。迎えに来てください」

受話器を置いた彼は、まだ着替えずにいてよかったと思いつつ、検案書を出先で書くための用意を整え始めた。

「ああ、先生。えらいすいません」

迎えのパトカーで現場に到着した龍村を、玄関前で刑事が出迎えた。

「いや、ちょっと約束があるもんで、遅くはなりたくないと我が儘なことを思っただけです。……ここの住人ですか？」

龍村は、目の前の建物を見上げた。いかにも学生向けらしい、間取りの細かそうなマンションである。

「はあ、ここの三階の三〇三号室の住人です。大学生で、今日はずっと自宅にいたようですね。一人暮らしで」

刑事は、話しながら龍村を建物の中に案内した。

「一人暮らしで、どうして発見されたんです？」

「いや、たまたま出かける約束をしとった友達が……まあ、ありていに言えば、合い鍵を持っとる彼氏ですがね、それが来てみたら、スチールの本棚に紐を掛けて、首吊っとったっちゅうわけですわ」

「ふむ」

エレベーターに乗り、三階に向かう。通路は狭く、一列に並んで歩きながら、龍村はまた問いを口にした。

「その彼氏というのは怪しくないんですか？」

「はあ、彼氏というんが、この近くの本屋でバイトしてましてね。寸前まで店で仕事しとるんですわ。彼氏が来たとき、部屋は施錠されとったそうですし、荒らされた形跡もありませんし。あ、ここです、どうぞ」

刑事に続いて、龍村は部屋に入った。中にいた出動服の若い警官が、二人に敬礼する。

「けっこう狭いなあ。綺麗に片づいてるが」

龍村は、室内に入り、思わず唸った。

玄関から入ってすぐに、風呂場と簡単な台所があり、その奥が八畳の洋室になっていた。

ベッドの上には、可愛らしいぬいぐるみが幾つか並べてあった。机の上には小さな一体型パソコン、そしてスチールの本棚には、ギッシリと本が詰まっており……その最上段に荷造り用の紐を結びつけ、若い女性が脚を投げ出して座り込むような姿勢で、首を吊っていた。

「これが、机の上にありました」

刑事が、ビニール袋に入った紙片を差し出す。何の気なしに受け取った龍村は、ギョロリと目を剝いた。

「これが、遺書ですか？」

「はあ。いや、せやから遺書めいた、と」

刑事は、言い訳じみた口調で言う。

「…………」

龍村は、もう一度紙片に視線を戻した。そこには、プリンタで打ち出されたゴシック体の文字で、こう書かれていた。


アヒルの足は、赤いか黄色いか？


「遺書、ね。こんな暗号みたいな遺書を書くのが流行りなのかな、今の若者の間じゃ」

「さあ……。彼氏は、昨夜泊まってったそうなんですが、その時にはなかったと言うてますし……」

「ま、解釈は僕の仕事じゃありませんからな」

龍村はそう言って、紙片を刑事に返した。

「遺体には、誰も？」

龍村は、刑事が差し出す手袋を嵌めながら、遺体に近づいた。床に座り込んだように見えるが、尻が僅かに浮いている。紐は、一重できつく遺体の前頸部に食い込んで、耳の後ろあたりから、項部《こうぶ》に結び目を作らず、本棚の枠に伸びていた。

「ええ。彼氏が一応ゆすったそうですが、もう死んでるみたいやって、すぐ一一〇番通報してきたもんで。直腸温を測った後、姿勢はきちんと元に戻してます」

「そうですか。写真は？　もう僕が触っても？」

「ええ。写真は撮ってます。どうぞ。アレやったら下ろしますし」

「まずはこのまま見せてください」

龍村は、遺体の前に膝をつき、遺体を観察した。背後で、刑事が遺体のデータを読み上げる。

「えー、名前は、里中涼子《さとなかりようこ》、十九歳です。出身は鹿児島県で、今、郷里の両親に連絡中です」

「ふむ」

生返事をして、龍村は遺体に触れた。

今時の女の子らしく、明るい栗色に染めた胸まである髪が、俯いた顔を覆い隠している。カーテンのようなストレートの髪を掻き上げると、まだ幼さを残した、化粧っけのない顔が現れた。

「本棚、よう倒れんかったことですな」

刑事の言葉に、龍村は頷いた。

「けっこう読書家だったようですな。まあ、漫画が多いですが、ギッシリ詰まってる上に、天井との間につっかい棒が入ってる。それに、痩せた子で、両足を投げ出して座る形で首を吊ってますから、本棚にかかる重量はそれほどではありません」

「なるほどね。しかし、けったいな姿勢で首吊ってますなあ」

「首吊りにも、いろいろな方法がありますよ。床から三十センチほど上にある引き出しの取っ手に電気コードを掛けて、寝転がって縊頸《いけい》した人も、僕は見たことがあります」

「ほう、そら珍しい」

「それは極端な例ですがね」

龍村はそう言いながら、遺体の細い顎に手をかけた。軽く、硬直が始まりかけている。他の関節は、まだ柔らかかった。

「死斑《しはん》は、寝かせてから見るか」

ジャージの上下は少々乱れがあるが、窒息の過程で痙攣が起こることを考慮すれば、不自然ではない。

「そういえば、自殺の動機は何かあるんですか？」

「うーん、あるようなないような、ですわ」

「……曖昧ですな」

刑事の返答に、龍村は不機嫌そうに顔をしかめ、振り向いた。刑事は、ニヤニヤと皮肉な笑みを浮かべた。

「まあ、彼氏の話では、彼氏の母親に、あんまり気に入られてへんのを気に病んでるのと違うか……とかなんとか」

「……あるようなないような、ですな、そりゃ確かに。ほかには？」

「今のところ、ハッキリした動機は出てません」

「ふうん……直腸温はどのくらいでしたか？」

「はあ。先生が来られるちょっと前に測らせてますけど、三十四度でした」

「部屋の中はずっとこんな温度ですか？」

「はい。エアコンが効いてましたよ。測定時の室温、二十三度です」

龍村は、死後約三時間か、と呟き、遺体の長い髪を掻き上げた。次の瞬間、龍村の動きが止まる。

「……むむ！」

「どうかしはりました？」

「これは、変だ」

「は？」

簡潔な龍村の言葉に、刑事は首を捻りながら、龍村の隣にしゃがみ込んだ。

「何がです？」

「……ここが。あまりよく、索溝《さっこう》を観察してませんな？」

「はあ、あんまり触ったら先生に悪いと思ったもんで。……こりゃ……」

龍村の言わんとしていることがわかったらしく、刑事は息を呑んだ。

龍村は、遺体の髪を後ろで一つに束ね、結《ゆ》うように持ち上げて言った。

「いいですか。この紐は、言ってみれば、背後から首に引っかかっているだけです。そして、紐はほぼ真上に向かって伸びている。ということは、索溝は、顎の下から、耳の後ろを通ったあたりで消えるはずです」

「そうですな……。しかしこりゃ……」

刑事は、自分も手を伸ばし、遺体の顎を持ち上げた。顎の下には、がっちりと荷造り用の紐が食い込んでいる。しかし、そのすぐ下に、それとはまったく別の、帯状の淡い変色部分があった。そしてそれは、前頸部をほぼ水平に横断し、耳の少し後ろあたりで消えていた。

「先生、これは……」

「これも索溝、ですよ。しかも、首を吊った痕《あと》じゃない。絞めた痕だ」

龍村は、ハッキリと告げた。刑事の顔が、目に見えて引き締まる。だが彼は、なおも食い下がった。

「ですが先生。絞めたんなら、項《うなじ》にも索溝があるはずでしょう」

「そうとは限りません」

龍村はそう言って、髪をバサリと下ろした。

「髪を掻き上げて、わざわざ紐を掛けるとは限らない。特に他殺のときはね。これだけ長くて豊かな髪だ。こいつがクッションになって、項部に索溝ができない可能性は高いですよ」

「な……なるほど」

刑事が頷くと、龍村は毅然とした顔で立ち上がった。

「解剖室に運んでください。このままでは駄目だ。司法解剖に切り替えます」

「い、今からですか」

刑事は、驚いて龍村の四角い顔を見上げた。龍村は、きっぱりと頷く。

「善は急げだ。……いや、この言葉は正しくないか。とにかく、今から車を飛ばせば、令状は取れるでしょう。僕が鑑定します」

「わ、わかりました。すぐ手配します」

龍村の気迫に押されたのか、刑事は弾かれたように立ち上がり、大声で部下を呼びながら、部屋を出ていった。

ひとりぽつんと部屋に残された龍村は、再びガクリと俯いた女の遺体を見下ろし、それから部屋を見回した。

「絞殺ではなく、自絞死って可能性もあるが……。どうも違う感じがするな。そもそも、自絞死を縊死に偽装する理由が思いつけん」

薄いレースのカーテン越しに、まだまだ強い夏の日差しが差し込んでくる。いったい死んだこの娘は、この部屋で死ぬ直前まで何をしていたのだろう。

(アヒルの足は、赤いか黄色いか？　……か)

先刻見せられた「遺書めいた書き置き」の文句が頭をよぎる。

(実際、どっちだっけか)

しばらく考えたが、龍村にはわからなかった。どちらでもあるような気がしてくる。思わず頭を振り、まるで命題のようなその一文を脳から追い出した。

「先生、書類取りに走らせますんで、ついでに大学までお送りしますわ。ホトケさんは、後から追いかけます」

戻ってきた刑事の声に我に返った龍村は、ああ、と頷き、部屋を後にした。

＊　＊

「……で。何をいつまでも、ケーシー着てるわけ？」

いつの間にか、監察医務室のソファーに座ったまま、うたた寝をしてしまっていたらしい。女の声でハッと目覚めた龍村は、目の前に立っているミチルの姿を認めるや否や、大きな手のひらで、ペチンと自分の額を叩いた。

「しまった！」

「あんたねえ。人の顔見て第一声がしまった、って何よ？」

自分も挨拶を省略したくせに、ミチルはぞんざいな調子でそう言い、肩から掛けていた鞄を、ドサリとソファーに置いた。

龍村は、大きな伸びをしてから、いやいやと、針金のように硬い、短く刈り込んだ髪をぞろりと撫でた。

「悪い。お前に電話するのを、すっかり忘れてた」

「……ってことは、まだ仕事なの？　もう七時よ」

「ん。そんな時間か。そろそろ来る頃だ。両親に一応話を通せと言ったから、時間がかかってるのかな」

龍村は、そう言って、すまなそうにミチルの顔を見上げた。

「すまん。これから一件、行政検案を司法解剖に切り替えた奴が待っててな。悪い。飯はまたの機会にしてくれないか」

「ん。ご飯はどうでもいいけど」

ミチルは、龍村の向かいに腰掛けて訊ねた。

「それってどんな事件？」

龍村は、簡単にこれまでの経緯を説明した。話が進むにつれ、ミチルの目に、好奇心が漲《みなぎ》ってくる。

「ねえ。助手、ほしくない？」

龍村は、右頬だけで気障に笑った。

「それは、ぜひぜひお手伝いさせてよ、興味深いわ、ってことかな？」

「君のような優秀な助手がいてくれれば、僕は幸せだ、の間違いじゃなくて？」

負けずにミチルも切り返す。龍村は笑って、両手を上げた。

「そのとおり。手伝ってくれれば、僕も大助かりだ。悪いな。借りの上塗りだ」

「本当ね。さて、それじゃ着替えるから、あっち行ってて」

ミチルは口では不満げに、しかし確実に楽しそうな顔で、ロッカーを開け、自分のケーシーを取り出した。

「ああ。じゃあ僕は、先に解剖室へ行ってる。鍵をかけてきてくれ」

龍村はそう言い残し、ようやく暗くなりかけた外へと出ていった。

煌々と蛍光灯の点った解剖室には、すでに遺体が搬入されていた。大理石の瓢簞《ひょうたん》形の解剖台には、里中涼子が横たえられている。まだ着衣の状態で、頸部にも、本棚から取り外した紐がかかったままだ。

「ああ、先生。今お呼びしようと思ってたとこですわ」

実際、受話器を耳に当てていた刑事は、そう言って受話器を戻し、龍村に歩み寄った。

「令状は出ました。鹿児島のご両親にも、ちょっと死因に不審な点があるんで、解剖させてもらう旨、お話しして納得していただきましたし」

「ナイスタイミングでしたな」

龍村はそう言って、フックに掛かったエプロンを手に取り、ついでに使い捨てのアームカバーと帽子をむずと摑んだ。

「おまたせ」

着替えたミチルも、カメラを手に入ってきた。

「お、伏野先生がお手伝いですか。こりゃ、この事件担当で、ちょっとは役得もあったかな」

「そんなベタベタのお世辞を言ってくれなくても結構よ。まずはこのままで写真？」

「ああ、頼む」

龍村が、頭からエプロンを被りながら、くぐもった声で答える。

「じゃあ、写真を撮りましょう。……まさか写らないってことはないでしょうね」

ミチルの台詞の後半の意味がわからない刑事は妙な顔をしたが、何も言わず、鞄からカメラを取り出した。

結局、今日一日、T署から捜査が進展したという連絡はなかった。興味深い事件だと思って龍村の助手を引き受けたのに、脳のどこかは、常に消えた遺体のことを考えてしまうらしい。

自分自身の不甲斐なさに内心苦笑しつつ、ミチルは写真撮影用の脚立《きゃたつ》に上ったのだった。

「ふむ。僕があの部屋を出てすぐ、この遺体を下ろしましたか？」

着衣をすべて脱がせた遺体を見ながら、龍村は刑事に訊ねた。

「ああ、あれから鑑識が入りましたんで、一時間半くらい経ってからですね」

「なるほど」

龍村は、片手で楽々と、遺体のほっそりした身体を側臥位《そくがい》にした。

「やはり、死亡推定時刻は、今日の午後一時から二時頃と見て、間違いないようだな」

「どういうことですか？」

解剖補助をするために、大きなゴム手袋を嵌めた若い警官が、不思議そうに訊ねる。龍村は、遺体の下肢背面を指さしながら言った。

「この遺体は、脚を投げ出すようにして座る姿勢だっただろう。だから、当初の死斑は、身体の最も下になった部分、つまり浮いた尻から下肢の背面、それにジャージのゴムで締まったウエスト部分のぐるりに出る。……な、見えるだろう」

「はあ」

警官は、感心したように頷いた。

「だが、死斑は今、背面にも広がってるだろう。それは、遺体を仰向けに寝かせたせいで、死斑が移動したからだ。下肢の背面はまあ、相変わらず身体の下側になってるわけだからいいが、本来なら、ウエストの腹の部分は身体の上側になってるから、死斑が下側に移動してしかるべきだが、ここに留まっている。どういうことか、わかるかな?」

警官は、緊張した顔つきで答える。

「先日、解剖を見せていただいたときに、他の先生に教わりました。ええと、死後何時間かすると、血液の色素が周りの組織に染み込んで固定され、死斑が動かんようになるし、そこを押しても退色せんのではなかったですか」

龍村は、満足げに頷く。

「そうだ。死後約四〜五時間までは、体位変換により、死斑は完全に移動する。一方、死後約八時間以上になると、死斑はまったく移動しなくなる。つまり、死斑が元の場所にも留まり、新しい場所にも出現するという特殊な状態が生じるのは、その中間のわずか数時間ってことになるだろう？」

「なるほど！」

「直腸温からの推定時刻とも合う。そして……死後硬直も、さっきは顎だけだったが、今は四肢の大関節にも見られるから、所見的に、時間のずれはないな」

「なかなかいい感じで符合してるわね」

ミチルたちがそれを写真に収めたのを確認してから、龍村は遺体を仰向けに戻した。

そして、まずはいつもの外表検案を始める。ミチルは、用紙をバインダーに挟み、立ったまま、龍村が述べる所見を書き取り始めた。今日は助手がミチルだけなので、O医大の解剖室で清田と陽一郎が二人がかりでやる仕事を、彼女ひとりでこなさなくてはならないのだ。

「顔面鬱血《うっけつ》高度、結膜溢血《いっけつ》点及び溢血斑多数散在、鼻粘膜蒼白、口腔《こうくう》粘膜にも溢血点多数、挺舌《ていぜつ》わずかにあり……」

龍村の傍らに立ち、カリカリとペンを走らせながら、ミチルは言った。

「窒息したらしい顔貌ではあるわね」

「おう。ただ、問題は頸部所見だ。見ろ」

龍村は、頸部の索条物……荷造り用の紐を、静かに頸部から取り外した。初めて、頸部の皮膚がすべて露になる。ミチルは、ありゃ、と緊迫感のない声を上げた。

「この紐でできた索溝は……これは、死後ね」

「どうしてわかるんですか？」

よほど勉強熱心らしく、若い警官が、また訊いてきた。今度は、ミチルが教えてやる。

「生きているときに受けた損傷は、生活反応というものを伴うの。つまり、皮下出血や、第二度熱傷……すなわち、水ぶくれね。だけどこの『首吊り』で出来た索溝には、それがないでしょう？」

「はあ。しかし、きっちり黄色っぽい溝に見えてますけど？　凄くクリアに」

「それは、紐によって、表皮剝脱《はくだつ》が起こったからよ。死んでからでも、物理的刺激によって、皮が剝けた状態になるの。すると、そこから急激に水分が失われて、皮膚は乾燥するのね。それで、こんなふうにくっきりした、黄色くて硬い溝に見えるの。言うなれば、人間のなめし革みたいな状態。このままもっと長く置けば、もっと硬く、茶色くなるわ。でも、皮下出血や、水疱《すいほう》は見られない。こっちを見て」

ミチルは、手袋をしない指先で、茶色い索溝の約五センチ下にある、どちらかと言えば淡い紫色に見える帯状の変色斑を示した。

「ずいぶん、こっちは色薄い感じですね」

「そうね。だけど、見て。だいたい、この帯の幅が二センチくらい、その上下に、小さな水ぶくれが見えるでしょう」

そう言われて、警官は、遺体の首筋に鼻がつくくらい顔を近づけ、ううん、と唸った。

「ホンマですね。小さな水ぶくれが出来て、中に黄色っぽい液が入ってるみたいです。それに混じって、皮膚の下に、プチプチ小さい出血点みたいなんもありますね。掻きむしった後、僕の皮膚もこんなんなりますわ」

「そう、それが皮内出血。それも、生活反応の一種。それに、前頸部には、三日月形の表皮剝脱もあるわ。……これは……」

「おそらく、この女性が抵抗して、索条物を緩めようとしたときについた、爪痕《そうこん》だ」

龍村はそう言って、それら二本の索溝と、爪傷の部位とサイズを測り、ミチルに書きとめさせた。

「つちゅうことは、先生」

それまで後ろで彼らの話を聞いていた刑事が、ずいと出てきて口を挟んだ。

「このホトケさんは、首絞められて殺されたあげく、隠蔽工作で、あそこに首吊ったように見せかけられたっちゅうことですか」

龍村は、重々しく頷く。

「おそらく。彼女が自絞死しているのを見つけた彼氏が、縊頸に見えるよう現場に手を加えた可能性もあるかと思ったが、それならこんな爪痕は見られないでしょう。殺人と考えたほうがいいでしょうね。……そういえば、部屋の鍵は、オートロックでしたな？」

「ええ、そうです」

「……だったら……いや、これは僕の言うべきことじゃないが、この人は、自ら招き入れた人に殺された可能性が高いんじゃないかな。犯人は、この女性を訪ねてきて、そして彼女を殺害し、そのまま出ていったのかもしれない」

「ううん、参ったなあ。すぐ終わる事件やと思うたんですがねえ」

閉口した様子で、刑事はこぼした。それに追い打ちをかけるように、ミチルが付け足す。

「それに、本当にこの人を死に至らしめたこの、下のほうの水平な索溝、これを作った索条物は、今ここにある荷造り用の紐じゃありませんよ。水平な索溝のほうは、表皮剝脱をほとんど伴っていないもの。ということは、この荷造り用の硬い木綿紐……これは、直径一センチくらいでしょう、これより、もっと幅が広くて、柔らかいもので絞められたと考えられるわ」

「とおっしゃると？」

「そうですね。タオルとか、着物の着付けに使うような帯紐とか、スカーフとか」

「それって、女の子の部屋には必ずあるようなもんばっかりやないですか」

「そんなこと言われても、私は知りませんってば。それに、この索溝には、前頸部で索条物が交差した痕跡がなくて、ずーっと綺麗にラインが続いているでしょう。だから……」

ぽん、と若い警官が手を打った。

「背後から、紐を掛けて、グッと首の後ろで交差させて首絞めた。そう違いますか？」

「ビンゴ！　冴えてるな、君」

龍村は陽気に言って、再びミチルと警官のために、遺体を側臥位にし、項部を露出させた。

「だが、長い髪が邪魔をして、項部には索溝はない。だから、推定の域を出ないがね。おそらくそれで合っていると思うよ。そして、彼女は驚いて、何とかして首に巻かれた索条物を緩めたくて、必死で指を食い込ませようとした。……だから、こんなふうにこっぴどい爪痕が、首にできてしまったんだ。また、必死で背後に手を回し、犯人の手から索条物を奪おうとしたかもしれない。……さて、ここまで言えば、今、僕が君に期待していることがわかるよな？」

「はいッ」

警官は、さっそく不格好なゴム手袋を脱ぎ、薄手のラテックス手袋に付け替えながら答えた。

「ガイシャの手の爪を頂いてよろしいでしょうか。犯人の皮膚片が残存している可能性があります」

「上出来だ。解剖が始まったら、水で爪を濡らしてしまう。その前に、採取してしまってくれ。利き手がわからないなら、両手の爪を取っておいたほうがいいぞ」

「そうします」

ブツブツと今後の捜査方針を立てているらしき上司を無視して、警官は行動を開始した。爪切りを借りて、遺体の爪を、注意深く切り取っていく。ミチルは、小さなビニール袋を持って、彼を手伝ってやった。

一連の作業が終わるのを待つ間、龍村は、その場に立って、遺体をジッと見つめていた。

捜査は法医学者の仕事ではない。それはわかっていても、「どうしてこの若い女性が、こんな死に方をしなくてはならなかったのか」を考えずにはいられない性分である。

犯人は、男だろうか、女だろうか。

おそらく、顔見知りだったからこそ、彼女は「スッピン」、しかもジャージ姿で、犯人を部屋に迎え入れたのだろう。そして、何かをしていて、突然背後から、首を絞められた……。

（犯人は、男女どちらとも決められないな。最近は、女性でもかなり腕力のある奴はいるし……）

たとえば、目の前にいるミチルは、痩せているくせに力持ちだ。目の前で、肋軟骨をバキバキと切っていくその姿は、頼もしくもあり空恐ろしくもある。彼女なら、たとえ相手が自分でも、絞殺することができるだろう。

（下手すりゃ、紐なんぞ使わなくても、素手でけっこう絞めてきそうだよな、こいつ）

そんなことをぼんやりと考えていた龍村は、ミチルに声をかけられて、飛び上がりそうに驚いた。

「……何よ？　爪切り終わったって言われたのが、そんなにビックリだった？」

ミチルは、不審そうに眉を顰め、首を傾げた。龍村は、慌てて両手を振り、ステンレスの物差しを取り上げた。

「い、いや、ちょいと考え事だ。さて、所見の続きをいくか。シュライバーと写真、頼むぜ」

「うん。それはいいけど」

ミチルはまだ不思議そうな顔をして、しかし素直にバインダーとペンを取り上げた。

「よし、次は胸部だ。胸腹部損傷なし、腹部は平坦。ただし、下腹右側に約四センチ長の、陳旧《ちんきゅう》手術痕あり。虫垂手術の痕と考えられる……」

龍村は、バリトンを響かせ、外表検案を再開したのだった。

結局解剖は、午後十時過ぎに終了した。

「はい、所見と遺体のデータ」

監察医務室に戻り、ゴリゴリと物凄い筆圧で検案書を書いている龍村の前に、ミチルはさっき自分が筆記した用紙の束を置いた。

「おう、サンキュ。助かったよ」

「そうでしょうとも」

ミチルはクスリと笑い、龍村の背後に立ち、書きかけの検案書を覗き込んだ。

「直接死因は窒息、その原因が絞頸……それしか考えようがないわね」

「ああ」

「死因の分類は、他殺に？」

「それしかあるまいよ。自殺とは思えない以上、不詳で片づけたくはない。あの刑事、解剖前からずっとブツブツ言ってたな、仕事が増えてたまらんと。……今夜から、また帰れない日々になるんだろうさ、気の毒に」

「そうは言っても、見て見ないふりをするわけにもいかないでしょう」

「まあ、そうだな。……あ、判子を出しておいてくれるか」

「了解」

ミチルは、田中の机の引き出しを開け、判子がギッシリ詰まった箱を取り出した。

「どうも先生方、遅くまでありがとうございました」

その時、噂の刑事が、力無く扉を開けて入ってきた。

「こちらにサインを」

ミチルが、龍村が書き上げた検案書を差し出す。刑事はそれを受け取り、慣れた手つきでカーボンコピーされた何枚かすべてに署名、捺印《なついん》した。返された書類に、今度はポンポンと龍村名義の判をつき、ミチルはそのうちの一枚だけを刑事に渡した。

「ご遺族は？」

「何せ遠いもんでね、明日の午後、こっちへ到着予定ですわ」

「そうですか、じゃあ、ご遺体は？」

「いったん署に引き取ります」

「わかりました。では、検案書は……」

「遺族用の検案書は、僕が明日の朝、来て書くよ。残りの書類は僕にくれ」

龍村は、疲れてしょぼつく目を両手で擦りながら言った。ミチルは黙って、残りの検案書と所見の書類を束ね、龍村の机の引き出しに放り込んだ。

「ほな、また捜査の進捗《しんちょく》具合をお知らせに来ます。……これから、現場寄って署に戻りますんで」

刑事はそう言って二人に一礼し、医務室を出ていった。

「哀愁漂ってるわね」

「うむ」

二人は顔を見合わせ、そして同時に嘆息した。疲労が、どっと両肩を押し下げている感じだ。

龍村は、ケーシーのいちばん上のボタンを外して、言った。

「いまさら急ぐか、と訊くのも何だが……。急いで帰るか？　なら、車ですぐ送るが」

「本当にいまさらだわよ。別にここまで来たら、急ぐもへったくれもないけど、送ってくれるのは大歓迎」

ミチルの疲れた笑みに、龍村もくたびれた笑みを返して言った。

「とりあえず、今日のところは、ファミレスの飯で我慢してくれ。後日、あらためてゴージャスな食事にご招待しよう」

「喜んでお受けするわ。着替えてくる。……それにしても……」

奥の部屋に行きかけて、ミチルはふと足を止め、ふり返った。

「アヒルの足は、赤いか黄色いか、か……。なんだかそのフレーズ、頭に焼き付いて離れないわね」

間奏　飯食う人々　その三

「そういえばな、今朝、お前が教えてくれた、あの奇妙なメーリングリストへの投稿。あれ、徳山先生に連絡して、一応対策を講じてみたんだ」

龍村の車でたどりついた国道二号沿いのロイヤルホスト。注文をすませるなり、龍村はそう言った。

テーブルシートに印刷されたデザートメニューの写真に見入っていたミチルは、ふうん、と、顔も上げずに返事をした。

「悪質な悪戯と考えられるので、各自当該メールを削除してください……っていう、龍村君からのメールは読んだわ。他にまだ何かしたの？」

「うむ。徳山先生が、できることならあの謎のメールの発信者を特定しろというのでな。法医学教室のネットに詳しい奴に頼んでみたんだが……」

「わかったの？」

龍村は、渋い顔でかぶりを振った。

「どうやら、相手はウェブメールを使ってきたらしい」

「ウェブメール？」

「ああ。つまり、メールソフトを使って送ってきたメールじゃなく、ホームページを使って送ってきたメールなんだ」

「ああ、そういう呼び方するんだ、ああいうの」

「無料でその手のサービスをやっているホームページはけっこう多くてね。登録さえすれば、そこからメールが自由に送受信できる。どんなパソコンをどこで使おうと利用できるんだから、便利ではあるが……」

「が？　そのウェブメールを使って送って来られたら、何か不都合があるの？」

ミチルの問いに、龍村は自信なさげに頷いた。

「僕も決してそのあたりに詳しいわけじゃないんでな。本当に理解して喋ってるわけじゃないぞ。とにかく、メールソフトから発信されたメールだと、手段を尽くせば、大抵の発信者は特定できるそうだ。だが、ウェブメールの場合は、最後の特定が、そのホームページの管理者の協力なしには不可能らしい」

「管理者の協力って？」

「つまり、そのメールを送った奴の登録情報その他のデータ……ま、主に発信元だな。それを、問い合わせに応じて教えるも教えないも、管理者の判断次第というわけだ」

ミチルは、顔を顰めながらも頷いた。

「なるほど。つまり、突然やってきた訪問者に、マンションの管理人が、そこの住人の部屋番号を教えるか教えないかって話と同じことね？　普通は教えないわよね、そんなの」

「そういうこった。そして実際、管理者の返事は、ノーだったそうだ。たった一度の悪戯では、教えるに値せずと判断したんだな、おそらく」

「それはまあ、仕方のないことかも。ってことは、今のところ、メールの送り主の手がかりは、そこで途絶えたわけ？」

「ああ。ま、どこのウェブメールを利用したかってことがわかっただけだな。……それでも、まったく無駄じゃない」

「まあね。次があったら、また新たな展開があるかもってとこか」

「特殊な業界のメーリングリストだってことは、管理者も理解してくれたらしいからな。これ以上、不審な投稿が続くようなら、こちらへの協力も検討してくれるだろう。とはいえ、もし次があるなら、徳山先生が帰ってきてからにしてほしいもんだ」

「そうでなくても、今日の事件で十分ややこしくなるかもしれないものね」

「……うう。それを言うなよ」

龍村が唸ったとき、従業員がやって来て、二人の前にそれぞれの料理のプレートを置いていった。

海老フライにタルタルソースをかけて頬張りながら、龍村は苦い口調で言った。

「あの事件、あるいは長引くかもしれないな。被害者の部屋から、何か犯人の手がかりが見つかりゃいいが」

「その場合、あの書き置きだか遺書だかも、有力な手がかりになったりするのかしら」

ミチルはそう言って、食べかけのオムライスを眺めて笑った。

「アヒルの足は、赤いか黄色いか？　オムライスも赤と黄色からできてるわね。そういえば、黄色ってなんとなくアヒル色って気がするけど」

「そりゃ、ヒナの色が黄色いからじゃないか？」

「そっか。……本当の話、足は何色だったかしら」

「さてね。帰ったら、図鑑を引っ張り出して、アヒルの足の色でも調べてみるかな」

「意外に、それが捜査の第一歩だったりして」

「それはないだろうが、純粋に知的好奇心って奴だ」

「調べたら教えて。私も気になるわ」

「調子のいい奴め」

龍村は舌打ちの真似をしながら、ミチルのオムライスのてっぺんに、自分の皿から海老フライを一つ取って載せた。

「……何？」

「今日の労働賃金……というのは冗談で、この時間に食い過ぎると、てきめんに太るんだ。助けると思って食ってくれ」

「私だって太るんだけど。……まあいいわ、好きだから食べちゃう。それに、今日はよく働いたもの」

ミチルの返事に、龍村は四角い無骨な顔をほころばせた。

「で、お前のほうの事件はどうなんだ？」

「うーん。まあ、あんただから話すけど……誰にも言っちゃ駄目よ。K大学の法医学教室の人たちにも。約束できる？」

「神かけて」

龍村は、両手を胸の真ん中で重ねてみせる。

「どこの神だか。まあ、いいわ。実は昨日ね……」

ミチルはようやく安心したように、例の「いなくなった女性の死体」について、龍村に語った。


黙々と食事を平らげながら話を聞いていた龍村は、ミチルが口を閉じるなりこう言った。

「何だそりゃ。……と、すまん。こりゃあんまりな言いぐさだったな」

「ううん。それがまともなリアクションよ、たぶん」

ミチルは半分食べたところで放置していたオムライスをスプーンで崩しながら言った。

「それ以外に、何かコメントは？」

「ふむ。T署のというよりは、大阪府警の大失態だな、そりゃ。そうでなくても、今は警察や医者を叩くのが、メディアのトレンドだ。どこかの記者に嗅ぎつけられたりタレコミがあったりしたら、警察は申し開きのしようがないだろう。……絶対、とばっちりがお前たちに行くだろうしな」

「んー。確かにそこが大問題なんだけど、もし、誰かが警察に恥を掻かせようとか、何か目的があって遺体をどうにかして持ち逃げしたのなら、さっそく今日にでもアクションがあったはずでしょう？」

「そりゃそうだろうな。ニュースは新鮮なうちに売れだ」

「ところが、今日一日……少なくとも、私が夕方職場を出るまで、何の動きもなかったのよ」

「ふむ。そりゃ妙だな。おまけに、その袋の中の残存物も、やけに不気味じゃないか」

龍村は、最後にスープを飲み干し、従業員に動作で、メニューをもう一度持ってくるように指示した。

「そうなのよ。……一応、科捜研が持って帰ったけど、腐敗液と土だけだから。どこまで分析できるかは、ちょっと……」

「期待薄だな」

龍村は、大判のメニューを開きながら、あっさりと言った。

「そうなのよね。私の持ってる毛髪にしても、血液型は今日、A型とわかったけど、それだけ」

「DNA検査は？」

「ホントは今すぐにでもやりたいんだけど、ちょっとタイミングを待ってるの。一本だけだし、できたら本当に必要なときに抽出作業をして、必要な検査を一気にやってしまいたいのよ」

「ああ、なるほど。……A型か。だがそれも、その毛髪が、消えた遺体から脱落したものだと特定できないなら、意味のない検査になりかねんな」

「そうね。……だけど、あんたに話してない、ちょっと面白いことがあるの」

「ん？　まだあるのか」

ミチルはオムライスを食べながら、昨夜、伊月たちと出かけた「現場」のゲームセンター、さらに実際遺体が発見されたダンス・ダンス・レボリューションの台から採取された「黒っぽい埃のような物質」についても語った。龍村は、視線はメニューに固定したままで、低く唸った。

「そりゃまた、奇妙なことをやらかしたもんだ。で？　何か収穫があったのか？」

ミチルは、初めて少し得意げにニヤッと笑った。

「何もなかったら、恥ずかしくて言えないわよ。……久しぶりに、自分の勘を信じてもいいかなって気になってるの」

ミチルは、今朝からの出来事を思い出しつつ、順番に龍村に語った。

今朝、恒例のメールチェックを済ませ、龍村に電話を入れたミチルは、すぐに実験室へと向かった。

「おはようございます」

入り口で大声を上げると、衝立の向こうから清田が挨拶を返してきた。そして、

「あ、おはようございます、伏野先生」

という細い声とともにひょいと姿を現したのは、陽一郎だった。

「何か、面白いものでもありましたか？」

陽一郎はそう言ってニコッとした。

「どうして？」

「なんだか先生、楽しそうな顔してるから」

「お見通しね。実は昨夜、これを仕入れてきたの」

ミチルは、手にしていた紙包みを、実験机の上でそっと開いた。背後から覗き込んだ陽一郎は、細い眉を顰める。

「なんだか、汚いゴミみたいですねえ」

「陽ちゃんも、伊月君と同じこと言う。まあいいわ、ちょっと手伝ってくれるかな」

ミチルは実際楽しげに、その「ゴミ」のような黒い粉末を再度包み直しながら言った。陽一郎は笑って頷く。

「いいですよ。何をしましょうか」

「ルミノール溶液を作ってくれる？」

「ルミノール？　じゃあ、それ血痕ですか？」

「血痕が少しでも含まれていればいいな、ってところかしら。お願い。私は暗室で準備をしておくから」

「わかりました」

視界の端にミチルを見送って、陽一郎はさっそく作業にかかった。

薬品棚から、ルミノールの小さな瓶を取り出す。$C_8H_7N_3O_2$という化学式を持つこの薬物は、刑事ドラマでお馴染みの、血痕予備試験に用いられる試薬である。目に見えない血痕や古い血痕を検出するときに用いられる。

原理は、簡単に言えば、ルミノールのアルカリ溶液が、ヘモグロビンに含まれる鉄イオンを触媒として酸化反応を起こし、その結果として、青い発光が生じるというものだ。ヘモグロビンは血液に多く含まれる色素なので、血痕検査に用いるには便利なのである。ただし、ヘモグロビンは他の物質にも含まれるため、血液特異的な反応ではなく、それ故にあくまでも「予備試験」でしかない。

「あのサンプル量なら、溶液もちょっとで良さそうだよね」

独り言を言いながら、陽一郎は次に、小さなビーカーと、水酸化ナトリウムの瓶を手に取った。

ミリQと呼ばれる滅菌蒸留水をビーカーに測り入れ、そこに水酸化ナトリウムの白くて平たい粒を入れた。それをスターラーで攪拌《かくはん》し、溶かしてから、計量済みのルミノールの黄色い粉末を、注意深く加えた。ルミノールはいささか溶けにくい試薬なので、攪拌を機械に任せ、陽一郎はスツールに乗り、棚の上から容器の箱を取り出した。

ルミノールを噴射するのに用いるのは、小さな褐色のフラスコである。この遮光《しゃこう》瓶にルミノール溶液を入れ、取り付けたゴム球で空気を送り込むことにより、先端を細く加工したガラス管から、霧状の溶液が噴霧されるのだ。

十分にルミノールが溶解したのを確かめ、陽一郎は溶液を噴霧器にセットし、暗室へと向かった。ルミノール溶液は、長時間放置すると、その発光効果が極端に低下する。調製したら、できるだけ早く使ったほうがいいのだ。

「先生、準備できましたか？」

まだ電灯が点いたままの暗室の中にいたミチルは、普段は現像に使う作業台を片づけ、そこに新聞紙を敷き詰めていた。

「できたわよ。ここに、硫酸紙をでっかく敷いて……。どうする？　陽ちゃんも見る？」

「見たいです。いいですか？」

「いいわよ。ちょっと怪しい密室状態だけど」

そんな冗談を言って、ミチルは陽一郎を暗室に招き入れ、分厚いカーテンを引いた。

物置の片隅に無理矢理作った一畳ほどしかない暗室は、機材とシンクのせいで、人が二人入れば、ほとんど身動きできないほどの狭さになる。

そこそこ細身のミチルと、男にしてはきわめて小柄で華奢な陽一郎の取り合わせであればこそ、二人入っても死ぬほどの閉塞感を感じずに済むが、これが伊月と筧なら……。考えただけでも恐ろしい状態である。

「はー、陽ちゃんとだと動けていいわ。こないだ、伊月君に現像のやり方教えてた時は大変だったの。ごっつんごっつん、あっちこっちぶつかっちゃって」

「もともと、一人用ですからねえ」

陽一郎は笑いながら、噴霧器を新聞紙を敷いた台の上に置いた。

ミチルは、大判の硫酸紙を新聞の上に広げ、その上で、さっきのサンプルの包みを開いた。ピンセットを使って、黒い粉末を出来るだけ薄く均一に広げていく。

「さて、始めましょうか」

ミチルがそう言ったとき、バサリとカーテンが開いた。起こった風に危うくサンプルが飛び散りそうになって、ミチルは思わず声を荒らげた。

「ちょっと、気をつけなさいよ!」

「す、すいません……っちゅうか、狡いっすよ。俺が来る前に実験済ませようなんて」

それは言うまでもなく、伊月であった。彼はそう言いながら、強引に暗室の中に入り込んできた。もう、カーテンを閉めているのがやっとの、すし詰め状態である。

「んもー。動けないじゃないの。いい、それじゃ、ルミノールかけるわよ。風を起こしたら殺すからね」

ミチルはやりにくそうにそっと手を伸ばし、瓶を手に取った。ルミノールを噴霧する範囲を確認してから、陽一郎に合図する。

「消します」

陽一郎は、これまた不自然な姿勢で手を伸ばし、照明を消す。ほぼ同時にシュウッと音がして、ルミノールがサンプルに吹きつけられた。伊月は、ミチルと陽一郎の頭の間から、にゅっと首を突き出す。その薄い唇から、驚きの声が漏れた。

「げっ……マジで光ってやがる」

伊月の言葉のとおり、サンプルのごく一部が、弱々しいが確かに青い光を放っている。

「先生。これ……いったい、どこで？」

陽一郎が訝しげに問いかける。暗がりで表情は見えないものの、ミチルは明らかに弾んだ声で言った。

「それは、後でゆっくり話すわ。私、この光ってる部分を選《え》り分けるから、陽ちゃんは伊月君と、これが人血かどうか調べてほしいの。できる？」

「血痕としてはちょっと古い感じですけど、できると思います。清田さんにも相談してみますね」

「よろしく。じゃ、伊月君も一緒に相談してきて」

「ちぇっ」

伊月は不満げに舌打ちしたが、陽一郎と共に素直に暗室を出た。

「……さて、ここから何が出るかしら」

ミチルは口笛でも吹きたいような気分で、目の前の青い光を見つめた。そして、発光している部分を選別すべく、ピンセットを取り上げた……。

「ほう。ってことは、お前がほじくり出したそのゴミの中に、血液成分が混ざってたってことか」

食事を終えた龍村は、コーヒーを啜りながら興味深げに言った。

「それは、検査を進めないとなんとも言えないけど。でも、死体がなくなって解剖が出来ないんだから、これくらいは……」

ミチルは、熱々のチョコレートファッジがたっぷりかかったパフェを平らげながらそう言った。さっき、太るとかなんとか言ったのはどの口だ、と思いつつも、賢明な龍村はそれについては触れず、「気持ちはわかる」と言った。

「しかし、大きな声じゃいえないが、もしその消えた女性の身元がわからず、縁者も知り合いも見つからず、ってことになったら……」

「たぶん、それっきりにされちゃうと思うのよね、私も」

ミチルは指についたチョコレートを、顰めっ面で舐める。

「警察的には、そのほうが不祥事を表沙汰にせずにすべてを闇に葬れて都合がいいのかもしれないけど……。でも、私と伊月君は気持ち悪いわけよ。だってご遺体を見ちゃったし触っちゃったし」

「そうだろうな」

「うん。警察の代わりに捜査しようなんて大それたことは思わないけど、法医学の人間として、できる範囲のことをするつもり。私も……たぶん、伊月君も」

「伊月、っていやあ、法医学会総会で会った、あのクスリでもやってそうな兄ちゃんか」

「そうそう。でも、クスリはひどいわ。せめてロッカーとか言ってあげてよ。あれでなかなか頑張り屋なんだから」

「ほう。ま、お前んちはいいな。お前がいて、伊月君がいて、教授もまだ若くて。いかにもこれからって感じじゃないか」

「まあね。よその教室のことは知らないけど、いい職場だと思ってる。……さて」

パフェを食べ終えたミチルは、腕時計を見た。

「その素敵な職場をクビにならないように、もう帰るわ。あんまり遅くなったら、明日寝過ごしちゃう」

「そうだな。約束どおり、家まで送る」

龍村もそう言って、伝票を手に立ち上がった。

一足先に外に出たミチルは、大きく伸びをして、昼間よりずいぶん涼しくなった夜風を吸い込んだ。

「さーて。明日は何があるかなあ……」

少しずつではあるが、水面下で何かが動き始めた……そんな手応えを感じつつある夜だった。

四章　崩れ落ちずここに

翌日の午後一時半、T署の刑事覚兼継は、市内N町にある山中の小さな墓地に来ていた。

「はー。あっついなあ」

スーツのジャケットはすでに脱いで腕にかけており、ワイシャツの袖も肘までまくり上げている。それでも、クーラーの効いた車内から一歩外に出ただけで、夏の日差しがジリジリと肌を焼いた。

死体が消えてからというもの、刑事課の空気はどんよりと重かった。

とにかく、マスコミに嗅ぎつけられないよう、上からは徹底した箝口令が敷かれている。事件について、署内の他部署の人間に語ることすら止められていた。

捜査は、事実上ストップしたも同然だった。所持品なし、死体なし、写真すらなしの今、打つ手がないというのが、みな口にはしないが正直な感想である。

今日も朝から、課長以上の管理職の人々は、皆青い顔をして署長や府警本部、それに科捜研からの電話に応対し続けている。

そして、下っ端の刑事たちは、窃盗や喧嘩の仲裁といったいつものこまごました仕事に、やや必要以上に走り回っていた。皆、雰囲気の悪い署内に留まっているよりは、外で働いているほうがマシだと思ったのだろう。

篁は、うっかり出遅れ、電話番として居残りを命じられていた。そこへ、この墓地の管理人からの電話が、受付から回されてきたのだ。

仕方なく、机で何やら書類決裁中の課長にその内容を報告して指示を仰ごうとしたところ、半分も話さないうちに、

「ああ行け行け。お前行って、適当に片づけてこい。間違っても、面倒な話をこれ以上持って帰ってくるなや」

と、片手を振って追い出されてしまったのである。

「事務所……ああ、あそこやな」

山を切り開いて造成された墓地の入り口近くに、小さなプレハブ小屋がある。篁はそこに向かって歩き出した。

適当に片づけてこいと言われても、実際、篁がひとりで「事件」にあたるのは、こ

れが初めてである。それがどんなにつまらないものだとしても、張り切らずにはいられない。

「こんにちは。T署のもんです」

プレハブ小屋の引き戸をガラリと開けて言ったそんな言葉が、どこか弾んでいた。

クーラーはなく、扇風機が緩慢に動く狭い部屋には、老齢と思われる男がひとり、パイプ椅子に暇そうに座っていた。筧の姿を見ると、作業着姿のその老人は、立ち上がって頭を下げた。そして、やけに大声で言った。

「あー、どうぞどうぞ。お参りご苦労さんです。お暑いでしょ、休憩してってください」

どうやら、筧のことを墓参の客だと思っているらしい。

窓が開けっ放しとはいえ、外より蒸し暑い部屋である。筧は閉口したが、仕方なく、老人が勧めるパイプ椅子を窓際まで引っ張っていって腰を下ろした。

「はい、どうぞ」

老人が、コップに冷えた麦茶を注いでくれる。ありがたくそれを飲みながら、筧は質問を開始した。

「あのう、あなたがお電話をくださった管理人の……」

「はあ？　ちょっと大きな声でお願いします。ワシ、ちょっと耳遠くて」

なるほど、それで電話での会話もあまり通じなかったわけだ、と筧は納得して、大きな声でもう一度自己紹介を繰り返した。

今度は老人は、ポンと手を打ち、椅子から腰を浮かせて頭を下げた。

「あ、電話の刑事さんですか。暑いとこ、どうも。まあ掛けてください。ワシ、池村《いけむら》と申します。もう十年ほど、ここで墓地の管理人をしとります」

「お一人でですか？」

「まあ、盆の忙しいときなんかは、アルバイトの若いもんが来ますけど、暇なときはワシひとりですわ。ここに住み込んでますねん。墓地の奥のほうに、もう一つ小屋がありまして。そこで」

「……怖くないですか？」

筧は、思わずそんな俗な質問をしてしまう。池村は、よく日に焼けた皺《しわ》の多い顔をほころばせ、ズボンのポケットから煙草を取り出した。

「カミさんが死んで、ひとりになってここに来ましたからなあ、ワシ。もう、いつお迎えが来てもええんですわ。そうなると、墓場の真ん中に住んどっても、怖いことなんかあらしません」

「なるほど。でも、頂いた電話の内容は」

「そうですねん」

煙草をふかしながら、池村管理人は、ようやく本題に入った。

「どうも、夜中のあの音が気になって仕方ないんでねえ。怖いというわけやないのやけれども。墓地の経営者のほうに連絡しても『池村さん、耳悪いから、そのせいや』て言われるばっかりやし、いっそ駄目もとで警察に電話してみよかと思うて。いやあ、わざわざ来てくれはるとは思ってませんでしたわ」

ちょっと署にいたくない理由もあって……という言葉を飲み込み、筧は池村の電話の内容を確認のため繰り返してみた。

「まあ、お役に立てるかどうかわからへんのですけど。とにかく、その暮らしておられる小屋のあたりで、妙な音が聞こえると、そういうご相談でしたね？」

「はあ、そうです。ここはほれ、山の中で、しかも墓地でしょう。夜はホンマに静かでねえ。車の音も滅多にせんのです。それが、こないだから、寝とったら妙な音がしてねえ。最初のうちは、もう年やから、耳遠いとこにもってきて、今度は耳鳴りでもしとるんかとワシも思うたんやけど……」

「違ったんですか」

「どうも、夜中にしか聞こえんし、耳鳴りにしては妙な音やし。これは変やなと思い始めたら、よけい気になって」

池村は、筧に麦茶のお代わりを注ぎながら、白い無精ヒゲの浮いた頬を器用に片側だけ歪めてみせた。

「電話ではようわからんかったんですけど……具体的に、どういう音なんです？」

筧は、コップを窓枠に置き、手帳を取り出してメモを取りながら話を続けた。麦茶がすぐに汗に変わるらしく、腕に汗が玉になっている。

池村は慣れているのか、たいした汗もかかず、団扇《うちわ》でゆるゆると自分を扇ぎながら首を捻《ひね》った。

「それがどうも説明しにくいんですわ。どん、どんっちゅう感じのこう、腹に響く音なんですなあ。耳遠いのに、その音だけ妙にハッキリ聞こえるんで、気持ち悪うてね」

「腹に響く……ですか。毎晩？」

「そうですな。ここ十日ほど、毎晩ですわ。ワシ、毎晩早う寝ますねん。そしたら、そうですなあ、一時二時頃になると、どこからともなく聞こえてくるんです」

「どこからともなく、どん、どん、ですか。確かに変わった音ですね」

「はあ。まあ、ちょっとワシの小屋、行ってみはりますか？」

「はい、見せてもらいます」

池村は「休憩中」の札を入り口に掛け、小屋を出た。寛も、その後に続く。むっと空気の籠った小屋から出たせいで、照りつける日差しが、さっきほどつらくはなかった。

いろいろな色や形の墓石の間を通り抜け、墓地のいちばん奥まったところに、なるほど小さな小屋があった。

「ここですねん。あばら屋ですやろ」

池村は、屈託なく笑って、錆の浮いた古いプレハブを指さした。山の斜面に押しつけられるように建っているため、屋根の上には、木々の枝が被さるように茂っている。幾分涼しくはあるだろうが、おそらく湿気もかなり高いことだろう。

墓地の敷地と雑木林の間には、コンクリートの塀がぐるりと設けられているが、ちょうど小屋のあたりだけは切れている。塀は、あるいは墓参客が山に入り込まないよう、後年造られたものなのかもしれない。

「どうも、家の中から聞こえるんとは違うような気がするもんで、ワシ、何度か外に出てみたんですわ。墓荒らしが何かしとるんやったら困りますしな」

「で、誰かの姿を見たことは？」

「ないですなあ。最近は、墓にそんなええもんを一緒に入れる人もありませんし、墓荒らしは、お供え目当てのイノシシとかカラスばっかしですわ」

「ほんで、外に出てもその音は聞こえてたんですか？」

「むしろ、どうも、山のほうから聞こえるようでねえ」

筧は、メモを取りながら、心の中で嘆息した。

（こりゃ……イノシシか何かが暴れてる音やないんかなあ。それか、このおじさんがちょっとボケてるか……）

適当に片づけてこい、という上司の声が脳裏をよぎる。張り切っていた気分がしぼんでいくのを感じつつ、それでも筧は律儀に訊ねた。

「山の中？　この小屋の後ろあたりですか？」

「せやねえ。ハッキリどこからかはようわからんのやけど、どうもこの斜面のどこかから聞こえるような気がしたんで、登ってみたりもしましたけど、結局ようわからんままで。ああ、この雑木林は墓地の敷地内ですけど、誰も入らんですわ、こんなとこには」

「……はあ」

筧は、感心と呆れが混ざった声を上げて、山の斜面を見た。傾斜自体はそうきつくないが、自然のままの木立であるので、茂みを掻き分けるようにして上がっていかなくてはならない。目の前の小柄な老人は、どうやら見た目よりずっと体力があるらしい。

池村は、呆《ほう》けたように周囲を見回している筧の背中を叩き、すまなそうに笑った。

「せやけど、アレですわ。今、来てもろうても、あの音は夜中しか聞こえへんし、しゃーないんやけど」

筧は、嫌な予感がして、実直そうな池村の顔を見た。

「……あのう」

池村は、すまなそうな、しかし期待の眼差しで筧を見て、こう言った。

「あんた、夜中にもっぺん来てもらえんやろか？　一緒にあの音聞いてもろたら、話早いし。あんたに聞こえへんかったら、ワシが医者行かんとアカンし」

親切な筧の物腰に安心したのか、池村は最初よりずいぶん親しげな口調でそう言った。

これはもはや刑事の仕事ではないと思いつつ、頼まれれば嫌と言えない性分の筧である。まして、今夜は早く帰って洗濯しないと……などと言えるはずもない。

「わかりました……。ほな、日付変わる頃に、またお邪魔します」

力なくそう言って、筧は汗を拭き拭き、肩を落として墓地を後にした……。

＊　＊

その頃、O医大法医学教室では……。

「ミチルさん！　あれ、いねえや」

勢い込んでセミナー室に駆け込んできた伊月は、そこにミチルの姿がないことに気づくと、がっかりしたように薄い唇をへの字に曲げた。

「どうかしたんですか？」

ノートパソコンのキーボードを叩いていた峯子が訊ねる。

「ん、ちょっとな。どこ行ったか知らねえ？」

「さっき出ていかれましたけど……。今日の午前中の解剖の件で何か問い合わせですか？　だったら書類はここにありますけど」

「あ、いやそうじゃない。実験の結果を教えてやろうと思ったのにな。どこ行っちまったんだろう」

「ボードに書いてないです？」

「ん？　ああ」

伊月はヒョイとのけぞって出欠ボードを見た。ミチルの名札クリップに挟まれた行き先メモを見て、愕然とした顔つきになる。

「ネコちゃん……」

「何ですかあ？」

「み……ミチルさん……あれでけっこう気にしてんのかなあ、体型とか。その、いくら若く見えるっても、三十過ぎて独身なんだもんな。無理もないか……」

「何の話ですか、唐突に」

峯子は、呆れ顔で伊月を見上げた。伊月のほうは、クリップを取り上げ、峯子にそれを見せる。

「だって、ほら、見ろよ。『TBC』って書いてあるだろ？　これって、あの阪急の駅前にあるエステのことじゃん」

「……ぶっ。あはははははははは！」

一瞬のタイムラグの後、峯子は盛大に吹き出した。けたたましく笑いながら、キーボードの上に突っ伏してしまう。当然の結果ながら、モニターはあっという間に意味不明のアルファベットや記号で埋め尽くされていく。

「お……おいネコちゃん。何笑ってんだよ」

「だって……だって、伊月先生ってばあ……あっはっはっは」

涙目になった峯子の超音波な笑い声に、都筑まで教授室から顔を出した。

「……何をそんなにウケとるんや。おもろい駄洒落でも言うたんか、伊月君」

「だって……ＴＢＣって……伊月先生が、ＴＢＣってぇ」

「ＴＢＣて何や？　ＴＢＳやったら知っとるけど」

「ＴＢＳは放送局。ＴＢＣっつったら、有名なエステの名前じゃないですか。そう言っただけで、ネコちゃんずっと笑ってんですよ。わけわかんねえ」

ふてくされて唇を尖らせる伊月に、峯子は涙を拭きながら言った。目が、まだ笑っている。

「だって、エステじゃないんだもの。伏野先生が、そんなとこ行くわけないじゃないですか」

「だからびっくりしたんじゃねえかよ。……だけど、エステじゃなきゃ、どこだってんだ」

「伏野先生が『ＴＢＣ』って言ったら、それは『Ｔ市ブックセンター』のことですにや。書店さんですよ」

「T市・ブック・センター……あ、なるほど『TBC』だわな」

伊月は呆気にとられたような顔で呟き、はあ、と溜め息をついて肩を落とした。

「紛らわしい書き方するなってんだよ。ちょっと行ってくるわ、俺も」

ブツブツと口の中で不平を言いながら、伊月は来たときの半分くらいの勢いで、セミナー室を出ていった。

「どいつもこいつも、勤務時間中に何を堂々と出かけとるんや」

「……まあ、勤務時間外にそれだけ頑張ってるってことでしょうか、ね」

後には、うんざりしたように顔を見合わせる、都筑と峯子だけが残された……。


T市ブックセンターは、センター街の中にある二階建ての書店である。店先には漫画雑誌が並び、立ち読みする人たちが入り口を半分塞いでいる。

どういうコンセプトでレイアウトしたのか伊月は行くたびに理解に苦しむのだが、一階には雑誌、単行本、文庫本、旅行関係、ゲーム攻略本、趣味の本が並び、二階では、学習参考雑誌と児童小説と漫画が売られている。

「すいませーん」

人を掻き分けて書店に入った伊月は、まっすぐ店の奥にある階段に向かった。どうせミチルのことだ、いるのは二階のほうだろうと見当をつけたのだ。

案の定ミチルは、二階のレジのすぐ傍で、何やら少年漫画らしきものをパラパラとめくっていた。

「見つけた」

「……わ！」

伊月が背後に立って囁《ささや》くまで、まったく気づいていなかったらしい。ミチルは、ボトッと本を取り落として、まん丸に見開いた目で伊月を見上げた。

「な……何よお？　仕事中でしょ？」

「仕事中はミチルさんもでしょうが。ってーか、俺は院生なんだから、仕事中もクソもないです。そんなことより」

伊月は、ミチルの落とした本を拾い上げ、本棚に戻して言った。

「例の件で、科捜研の藤谷さんから、さっき電話があったんですよ」

「綾郁さんから？　何て？」

「そっちはどうだって聞かれたから、ゲーセンでミチルさんがほじってきた例の黒いゴミがルミノール反応陽性だったことを知らせたら、面白がってましたよ」

た。

「ロイコマラカイト緑？　って検査を習ってたんですよ」

伊月は、まだ馴染みが薄いらしいその検査名を、自信なさげに語尾を上げて口にし

「気楽な人。そういや、さっき、陽ちゃんに何か教わってたけど……」

ロイコマラカイト緑検査とは、血痕確認試験である。

血痕に蒸留水を垂らし、濾紙《ろし》に転写する。そして転写部に無色のロイコマラカイト液を滴下し、ついで薄い過酸化水素水を加えると、その触媒作用により酸化され、マラカイト緑に変化するというものだ。血液に対する特異性が高いうえに簡便なので、よく用いられる検査法である。

昨日、ルミノール反応を行い、ミチルが反応陽性部分、つまり血液成分が含まれている可能性がある部分を選り分けた。今度はその選り分けたものを用いて、陽一郎と伊月は次段階の検査を行ったのだ。

「ロイコマラカイト、学生実習でやらなかった？　そんな素人みたいな口ぶりで」

「うちの大学じゃなかったっすよ、そんなコアな実習。さっき森君に習いながら、初めてやってみました。面白かったっすけどね、簡単で」

「面白かったってことは、結果が出たんだ」

伊月は頷いた。

「ええ、がっつり緑に。あれが血痕ってのは、ほぼ確実ですね」

ミチルは、ちょっと嬉しそうに頷いた。

「そうね。で？」

伊月は、手の甲で額の汗を拭きながら、右眉だけを上げて答えた。

「次は、それが人血かどうか調べりゃいいんでしょう。それは、森君がやるって言ってますよ。俺も見せてもらうつもりですけど。抗ヒトヘモグロビン血清を調達したり、あれこれ準備が要るから、今日はまだできないって」

「ああ、なるほどね。きっと沈降反応とＥＬＩＳＡ（酵素免疫測定法）をやるんだと思うわ。……で、綾郁さんの電話の話だけど。その後、事件の捜査のほうはどうだって？」

「うーん、さっぱり手がかりなしだそうです。持って帰ったブツも、今んとこ何の検査をしていいやら状態だし、って。このまま『気持ち悪い事件』としてお宮入りかなあなんて、呑気なこと言ってました」

「あの人は、あの死体を実際に見てないからそれでいいかもしれないけど……」

「俺たちはマジ気持ち悪いっすよね。で、例のゲーセンでルミノールやるわけにはいかないかって訊いてみたら、現時点ではちょっと難しいだろうって返事でした」

「でしょうね。ルミノールをやるなら、店内を暗くしないといけないから、またゲームセンターに協力を仰ぐことになるわ。新聞にもテレビのニュースにも出てない『変死事件』のことは、死体が出てくるあてがない今は、一般人には忘れていてほしいでしょうし……」

「そっか。それに、どっちにしても、もう駄目っぽいっすよ」

「どうして？」

店から出てセンター街を大学に向かって歩きながら、伊月は横道を指さした。

「さっき前通って来たんですけど……ほら」

「……あっちゃー……」

例のゲームセンターの入り口には、「本日開店午後四時から」の張り紙がされ、中では……あろうことか、清掃会社の人たちが盛んに床にワックス掛けをしているところだった。

「ね。さっき、さりげなく表で煙草吸ってるバイトの兄ちゃんに訊いたら、別に事件とは関係なく、月に一回、こうしてクリーニングサービス入れるらしいんです」

伊月に言われ、店の中を覗きこんで、ミチルは嘆息した。

「あの電動モップみたいな奴で、がーっと床を洗っちゃうわけだ。そのうえ、ワックスじゃあ、ちょっときついわね。壁に飛び散ってたら、それは出せるかもしれないけど」

「ですね。……はあ、暑……」

伊月は鬱陶しげにギラギラと照りつける太陽を見上げ、目を眇《すが》めた。

「そんな服着てるからよ」

ミチルは馬鹿にしたように伊月をチラリと見るなり、歩き出す。伊月は、しげしげと自分の服装を眺めた。

今日は暑くなると天気予報で聞いたので、涼しげな服を着てきたつもりの伊月である。黒い革製のタンクトップと黒のジーパンにサンダルという出で立ちが、見る者には異様に暑苦しく見えるということには、どうやら気づいていないらしい。

「露出度高くて、涼しそうだと思うんだけどなあ。……あ、ミチルさん。置いてかないでくださいよ。どっかでアイス買って帰りましょう」

ミチルは、安売り店に挟まれた、主婦たちで大混雑の道を、すいすいと人を掻き分けて進んでいく。

「ミチルさんってば。……ああ、ったく、アメ横みたく混んでやがる」

伊月も四苦八苦しながら、その後を追ったのだった。

＊　　＊

龍村泰彦が最後の解剖を終えて監察医務室に戻ってきたのは、午後四時過ぎだった。まずまず早い終業である。

昨日がハードだったので、今日は早く帰ろうと思っていたのだが、扉を開けた瞬間、その計画が露と消えたことを龍村は察した。

そこにいたのは、昨日の殺人事件を担当している刑事だったのだ。

刑事はずいぶん長く待っていたらしく、机上のグラスは空っぽになっていた。おそらく、事務員の田中と世間話で盛り上がっていたのだろう。ずいぶんと上機嫌な顔で、刑事は立ち上がり、龍村に礼をした。

「おや？　これはどうも」

「いやこれは先生、お疲れさまです。すいません、お約束も取り付けませんで。ちょっと昨日の……」

「里中涼子の件ですね。ま、どうぞ」

刑事に奥の部屋のソファーを勧め、龍村は首から掛けたタオルで汗を拭き、冷蔵庫からコーラの缶を取り出してから、刑事の向かいに腰を下ろした。

「どうですか、捜査の進み具合は」

「はあ。殺人事件として捜査しとるんですが、なかなか周到な犯人らしくて。部屋じゅう漁っても、指紋がどっからも出ませんのや。ドアノブからも、壁からも」

「それはまた……。手袋でもしてたんですかね」

「そうかもしれません。例のガイシャの爪も、科捜研に調べさせたんですが、ガイシャの組織しか出ませんでした」

「ふむ。それは残念。まあ、あまり長い爪ではありませんでしたからな」

「とにかく、部屋がまったく荒れてませんし、本人の身体にも、ほとんど争った痕跡が見られませんでしたやろ。解剖結果と現場の状況を総合して考えると、それなりに親しい人間を招き入れた挙げ句、不意をつかれて首を絞められ、殺されたっちゅう感じなんですな」

「なるほど」

龍村は、里中涼子の部屋の様子を思いだしながら、手元のバインダーを開いた。

「検査結果が出てますが、強姦《ごうかん》の形跡はありませんね。膣内《ちつない》の精子検査は陰性です」

「そうですか。そっちでも犯人の尻尾がつかめませんなあ」

残念そうに言って、刑事はめくり上げていたワイシャツの袖を伸ばした。医務室の中は冷房が効いているので、肌寒くなったらしい。

「ところで先生。その、ガイシャの両親が鹿児島から出てきとるんですが、ぜひ先生にお礼を申し上げたいと言うてまして」

「……はあ」

「ここに連れてきても、ほかの遺族の方々とかがおられると邪魔やと思いましてね。娘のマンションで待たせとるんです。……もし、よろしかったら、先生、帰り際に寄っていただけないかと思いまして。えらい失礼なんですけど」

「別に失礼ではありませんよ。もう、今日は解剖もないようですし、ご一緒します」

「そうですか。ほな、僕は車のほうで待ってますわ。先生、ゆっくり来てください」

刑事はホッとした様子で、さっさと監察医務室を出ていった。

「先生、すぐ行かはるんですか？　コーヒー飲んでいかれます？」

刑事を見送って、田中がそう訊ねた。龍村は、オペ着を勢いよく脱ぎながら答えた。

「いや、すぐ出ますよ。警察も早く仕事に戻りたいだろうし」

「慌ただしいこと。気をつけて」

「はい、お互いお疲れさん」

スーツに着替えた龍村は、ネクタイを首に引っかけたままでジャケットを手に持ち、監察医務室を飛び出したのだった。

た。

「このたびは、娘がとんだことでお世話になりまして」

フローリングの床に手を突いて、里中涼子の両親は、龍村を前に深々と頭を下げ

鹿児島で農業を営んでいるという、いかにも実直そうな初老の夫婦だ。被害者の涼子は三人兄妹の末っ子だと、龍村は刑事から聞かされていた。

「いえ、突然のことでさぞお驚きになられたでしょう」

龍村も、通り一遍の挨拶を口にして、礼を返した。

これまでそれこそ何百回と遺族との面談を経験している龍村だが、いわゆる「患者」にあたる人物が常に死者であるだけに、慣れはしても決して楽しいものではない。

死者の死因についてわかりやすく説明し、できる範囲で遺族の心を安らかにしてあ

げる。それが、こんなとき彼が心がけている唯一のことだった。

母親はただハンカチで目元を覆い、父親は手に持った死体検案書に視線を落とした。

「先生が、娘が自殺ではなく殺されたということを見抜いてくださったのだそうで。本当にありがとうございました」

「いえ、それが仕事ですから。……その書類で、何かおわかりにならないことがありますか？」

龍村は、努めて慇懃《いんぎん》に訊ねた。父親は、傍らの妻と視線を交わし、そして答えた。

「先生。いったい娘を殺した犯人は誰なんでしょう」

「それは……」

龍村は面食らって口を噤んだ。後ろから、刑事が慌てて口を挟む。

「お父さん、それは先生の仕事やない。僕らの仕事ですわ。今、警察で捜査進めてますからな。鹿児島のほうで、連絡待っとってください。……ほな、サインもらわんとアカン書類があるんで、署のほうへ来てもらえますか」

刑事に促され、涼子の両親は龍村に何度も何度も礼を繰り返してから、部屋を出ていった。

「先生。ご足労いただきまして、ありがとうございました。お送り……」

「その前に、いいですか」

龍村は、ギョロリとした目を見開き、刑事を見た。

「は？」

「ちょっと、この部屋を見せてもらっていいでしょうか。少し、解剖所見とこの部屋のレイアウトから、考えてみたいことがあるんです」

龍村の言葉に、刑事は面食らった顔をしたが、絶対に部屋の中のものの配置を変えないことと、何にも素手で触らないことを条件に、それを許可した。そして、部下を一人残し、涼子の両親と共に署へと戻っていった。

「先生。何か気になることでもあるんですか？」

まだ年若い部下は、名を森口《もりぐち》と言った。昨日、解剖の手伝いに入っていた青年だ。おそらく新人の刑事なのだろう。昨日のテンションはまだ落ちていないらしく、彼は興味しんしんの顔つきで、龍村に訊ねた。

龍村は、狭い部屋の真ん中に立ち、ううむ、と唸りながら一回転した。

「昨日の解剖結果から、おそらく背後から柔らかい紐状のもので、首を絞められたんだろうと推測したろ？　そして、君の上司から、どうやら犯人は被害者の知り合いで、被害者は客人として迎え入れた犯人に、抵抗して揉み合う余地もないくらい唐突に、背後から頸部を絞搾《こうさく》された……」

「つまり、犯人に背中を見せてたということですか」

「そう考えるのが妥当だ。そして、前方にある何かに意識を集中させていた……。彼女がいったい何をしていて殺されたのか、その状況を知りたいんだよ」

森口は、しばらく考えてから、台所を指さした。

「そうだ。料理とかどうですか？」

「なるほど、料理か」

二人は連れ立って小さな台所へと行った。

だがしかし、森口は自分の言葉を自分で打ち消した。

「ああ、駄目です。料理の可能性はほとんどないんでした」

「そりゃまたどうして？」

「我々がここに来たとき、流しにも生ゴミ入れにも、新しいゴミらしきものはありませんでした」

「お茶を淹れてた可能性もあるだろう。インスタントコーヒーとか」

「そりゃそうですが、そんなときに首を絞められたら、液体が零れるでしょう。床は汚れてませんでしたし、台布巾は乾いてました。そして、ティッシュで拭いたあとのゴミもありません」

「うーん。なるほど。ま、飲み物を作る程度じゃ、そこまで集中せんな。背後で不穏な動きをされたら気づくだろう」

「でしょう？」

森口は、自分が出した可能性が潰れたにもかかわらず、どこか嬉しそうに頷いた。

「となると……ベッドはどうだ。……いや、僕たちが入ったとき、布団は少しも乱れてなかったな」

二人は連れ立って部屋に戻り、もう一度、家具を見回してみた。

短い沈黙の後、龍村と森口は、視線をチラリと交わし、同時に同じものを見た。

「パソコン！」

それが、二人の口から出た言葉だった。

森口は、どこか興奮したように言った。

「そうか、もしかしたらパソコンを使っていたのかも。何か打ち込むことに熱中していたとしたら、あるいは背後に立たれても気づかないかもしれませんね、先生」

「そうだな……と」

龍村は、扉の開く音に振り返った。そこには、ひとりの青年が立っていた。

背丈は百七十センチ程度、痩せ形で、年は二十代前半というところだろうか。こざっぱりした大学生風の格好をしていて、眼鏡の下の顔はいかにも穏和そうだった。

「す、すいません。鍵、開いてたもんで、つい」

青年は、龍村と森口を見て、恐縮したように頭を下げた。龍村は訝しげに青年を見たが、森口は少し困ったように表情を硬くして、龍村に囁いた。

「ガイシャの第一発見人です。その、つまり彼氏の」

「ああ」

龍村は納得して、青年に軽く会釈した。

「監察医の龍村です。とんだことでしたな」

「監察医……の先生、ですか？　ということは、法医学の？」

青年は、軽く首を傾げ、龍村を見た。それから、ハッとしたように戸口に立ったまま自己紹介した。

「あの、僕は、江口智明《えぐちともあき》といいます。涼子の……その」

「ボーイフレンド、ですね。さぞショックだったことでしょう。が、今日はまたどうしてここに？」

龍村に問われて、青年……江口は、何でもないような調子で答えた。

「なんとなく、バイト帰りに足が向いてしまって」

「そうですか……。少し、上がってもらってもいいかな？　彼に訊きたいことがあるんだが」

「ええ、かまいませんよ。江口さん、よろしければどうぞ。ただし、部屋の中のものには触らないように」

森口に言われて、江口は躊躇いつつも靴を脱ぎ、室内に入ってきた。

「江口さん。……その、あまり法医学の人間が訊くようなことではないかもしれんのですが」

龍村は前置きしておいて、机の上の一体型パソコンを示した。

「あなたの恋人の涼子さんは、あのパソコンを何に使っておられたか、ご存じでしょうか。あるいは、どの程度使っていたかとか」

「パソコンですか？」

江口は目を細めて、そのスタイリッシュなパソコンを見遣った。

「デザインが気に入って買ったって言ってたから、半分インテリアみたいなもんだと思いますけど。でも、学校の課題をあれでやったりはしていたようです」

「なるほど。涼子さんの趣味なんかは……」

「趣味、ですか。カラオケとファッションと旅行と……普通の女の子が好きなことですよ。……法医学の先生って、刑事さんみたいな質問をするんですね」

江口はムッとしたわけではなく、むしろ感心したように龍村を見た。恋人を亡くした、しかもその死体をいちばん最初に発見した人間にしては、やけに淡々として見える。だが龍村は、本当に大切な人を亡くしたとき、悲しみを通り越して放心してしまった人々をたくさん見てきた。だから、江口の様子を特に不審だとは思わなかった。

「すみませんね。僕も、行政解剖を司法解剖に切り替えろと主張した本人なもので、気になってるんですよ、涼子さんが殺されたときの状況が」

「それで、犯人探しをしておられるってことですか？」

「とんでもない。僕の仕事は犯人を捜すことではなく、死者が死に至った過程を徹底的に解明することです。僕が知りたいのは、涼子さんがいかに殺害されたかであって、誰に、ではありませんよ。……と、失礼。あなたにとっては、どちらも大切なことでしたね」

龍村は失言を詫びたが、江口は薄く微笑してかぶりを振った。

「いえ、僕こそ、何もできないですし」

江口はそう言うと、龍村の顔をしげしげと見た。

「でも、まさかこんなことで法医学の先生とお会いするとは思いませんでした」

「……法医学に興味が？」

「ええ、まあ。最近、テレビドラマでよく見ますから。かっこいいですよね。……あ、僕はもう行かないと。ちょっと用事があるんです。すいませんでした、お役に立てなくて」

「あ、もう一つだけ」

一礼して退出しようとした江口を呼び止め、龍村は二つ目の質問を投げかけた。

「あの、涼子さんの『遺書』かもしれないと警察が思っているらしい、あの紙。ご覧になられたんでしたね？」

「ああ、あのアヒルがなんとかって奴。前の晩にはなかったと思うんで、警察の方にはそうお話ししました」

「『アヒルの足は、赤いか黄色いか？』ですよ。では、涼子さんの死後、初めて見たということですか」

「ええ」

「あの一文に、何か心当たりは？　つまり、意味がわからないかという意味ですが」

江口はかぶりを振り、力無く答えた。

「さあ。さっぱりわかりませんね」

「そうですか」

龍村も森口も、やや落胆した顔になる。それでも龍村は、笑顔で江口に礼を言った。

「どうも、お引き留めしてすみませんでした。ありがとうございます」

「いえ、じゃあ、僕はこれで」

江口は、来たときと同じように、ひっそりと出ていった。

森口は、いかつい肩をそびやかし、どちらかと言えば不愉快そうな顔つきで言った。

「何や、のらりくらりとハッキリせん男ですね。無表情っちゅうか。恋人が殺されたいうのに、あんなんでええんですかね」

龍村は苦笑して、森口の肩をポンと叩く。

「まあまあ。そういう人種だって少なくないさ。君みたいにハキハキして感情豊かな人ばかりじゃない。……ところで」

龍村は、再びパソコンに視線を向けて訊ねた。

「あれを立ち上げてみてかまわないかな？　ああ、もちろん手袋をつけて触るから」

森口は、ちょっと考えてから頷く。

「別にええと思います。……どうぞ」

龍村は、ラテックスの手袋を嵌め、パソコンを起動させた。オープニング画面の後、しばらくして、いかにも女の子らしい可愛い壁紙の画面が表示される。

龍村は、画面の左側にズラリと並んだアイコンを眺めた。ワープロソフトに、表計算ソフト、旅行のためのルート検索ソフト。メールソフト。アプリケーションはごくありふれたものばかりで、彼女が作成したファイルらしきものもデスクトップには見あたらない。

森口は、椅子に掛けた龍村の背後から、その太い首に自分のごつい手を掛けた。

「先生、ガイシャが先生みたいにパソコン使うてるところで、犯人はこんな感じで後ろから首絞めたって感じですか」

「そうだな……おそらく」

「で、そのパソコンに、何か入ってるんですか。自分、あんまりパソコン詳しくないんでよくわからないんですが」

「入っているかもいないかも、だなあ。いくら何でも、人様のものを僕が勝手に隅から隅まで調べるわけにはいかないさ」

　龍村は答えながら、アイコンの一つをダブルクリックした。インターネットへの接続を行うためのアイコンである。

「お、まだネットに繋げるな。プライバシー侵害かもしれんが、少しだけ見せてもらおうか」

　そう言いながら、一抹の後ろめたさを胸に、龍村はブラウザを立ち上げた。

　インターネットのホームページを閲覧するためのブラウザには、「お気に入りのホームページ」をリストアップして、その住所とも言うべきURLを記憶させておく「ブックマーク」の欄がある。龍村は、十ほど記憶された涼子のお気に入りのホームページを、一つずつ開いてみた。

　旅行が趣味というとおり、女性向けの旅情報ページ、インターネットでホテルが手配できるページ、そしてファッション情報のページ……。いかにも若い女の子が好みそうなホームページが次から次へと画面に現れる。

「ふむ。……手がかりになりそうなものはないか。……ん？」

　しかし、いくつめかに開いた、比較的素っ気ない印象の画面を見た瞬間、龍村は唸った。森口は、後ろから細い目を見張って訊ねる。

「どうされました？」

「これは、チャットだな」

「チャット？　ああ、インターネットの画面で、他人とリアルタイムで話ができるとかいうアレですか。僕、そういうんはよう知らんのですけど」

「うむ、そうだ。……森口君。僕たちは、小さな手がかりを摑んだかもしれんぞ」

「ええっ？　いったいどうしたんです？」

「これを見ろ」

龍村は、今は誰も参加しておらず、たわいない世間話の痕跡が残っているチャット画面の、最上部を指さした。

「これは……」

「ここに、HNって欄があるだろう。ここに自分のハンドルネーム……これは、インターネット世界での芸名みたいなもんだが、それを打ち込んで、チャットに参加するようになってるんだ。仮名とはいえ、お互い名前を明らかにして、チャットルームという架空の部屋に入っていくわけだな」

「……はあ。先生、でももう、その欄に名前入ってるじゃないですか。それも……」

「ああ。この『クッキーを保存』という欄にチェックを入れておくと、自分の打ち込んだハンドルネームやメールアドレスといった情報が保存されて、次からはいちいち参加のたびに打ち込む手間が省けるのさ。……ということは、ここに表示されているのが、里中涼子のハンドルネームだよ。『アヒル』……これが、彼女のもう一つの名前だ、森口君」

「アヒル……アヒルって、アレでしょうか。この机の上にあった紙の文句……」

「アヒルの足は、赤いか黄色いか？」

二人の声が、同じ文句を唱えた。まるで、魔法使いが唱える呪文のように、厳かな調子で。

「……先生。これって、大きな手がかりになるかもしれませんよ！」

若い森口刑事は、期待に弾んだ声で言った。龍村は、苦笑いして頷く。

「それはどうだかな。だが、このパソコンの中身を、誰か詳しい人間と一緒にみっちり調べることを、僕はお奨《すす》めするね。何かほかにも、手がかりが得られるかもしれんよ」

「はいッ！　やってみます」

森口は、しゃちほこばって即答した。龍村は、チャットのURLを手早く手帳に控え、インターネットの接続を切ってから、パソコンの電源をオフにした。ワクワクした顔で自分の行動を見守っている森口に、片目をつぶってみせる。

「さてと。僕がこんな出過ぎた真似をしたことは、君の上司には黙っていてくれよ。越権行為にもほどがあるからね。……もしパソコンの調査が上手くいけば、すべて君の手柄にしていいから」

「はいっ」

相変わらずいい返事の森口に笑いかけ、龍村は言った。

「では、僕はこれで失礼する。ああ、電車で帰るから、送らなくていいよ。捜査がはかどることを期待してる。ではな」

「ありがとうございましたッ」

森口は、まだまだ素人臭い敬礼をして、龍村を送り出した……。

間奏　飯食う人々　その四

　その夜、午後十一時。

　篁は、くだんの墓地の管理人、池村が住む小屋にいた。ただ、小屋の中にいるのは、池村と篁だけではない。

「暑いなー。クーラーがないなんて、信じられねえ」

　畳の上に胡座《あぐら》をかき、バタバタと団扇で自分を扇ぎながら悪態をついている男がひとり。そう、伊月である。

　篁はあれからいったん署に戻ったのだが、すぐに係長から、法医学教室に「お使い」に出された。

「あんな、捜査があんまり進んでないっちゅうことを、こうなんというかやわらかーく、教授にお伝えしてこい。お前が行くんが、いちばんよさそうやからな、この手のことは」

それが係長の言い分である。そして、新人の筧には、それに対して文句を言う権利などない。そこで彼は、汗でよれたスーツのまま、自分の席に腰を下ろす暇もなく、再び出かける羽目になったのだ。

「お邪魔します」

ノックして筧がセミナー室に入っていくと、中では教室員が全員揃って、ミチルの買ってきたアイスクリームを食べているところだった。

「おう、筧君。ええとこに来たな。君もアイス食べ」

都筑教授は、小さな目をパチパチさせて笑顔で筧を迎えた。

「いや、僕その……ええと、係長からの伝言をお伝えしに来ただけですんで」

筧は遠慮したが、峯子がさっさと空き椅子を持ってきて、

「はい、筧さんの席ですにゃ」

とセッティングしてしまう。仕方なく、筧は椅子に浅く腰掛けた。

「ええと、残ってるのはバニラと抹茶。どっちにする、筧君」

冷凍庫を開けながら訊ねるのはミチルだ。

どうやら断ることは不可能だと悟り、筧はありがたくバニラアイスクリームのお相《しょう》伴《ばん》に与《あずか》ることにした。

そして、係長から預かった伝言も、伝える必要はなかった。都筑は、笑いながらこう言ったのだ。

「捜査言うても、ろくにできてへんのやろ。お役所だけに大変やな、警察も」

「……はあ」

篁は、返答に窮して、カップアイスを手に持ったまま、肩を窄める。

「君の顔見たら、言葉がのうてもわかるわ。アカンで、刑事がそないに正直もんやったら」

「……すいません」

「まあ、ええからゆっくりしていきや。僕は会議があるから、ちょっと失礼するけど」

そう言って、都筑教授はアイスクリームを食べ終え、教室を出ていった。

篁は結局、法医学教室にお茶を飲みに来ただけ状態になってしまった。

おまけに、

「で、そんなに汗だくになって、今まで何してたの？」

とミチルに問われて、仕方なく篁は、先刻の墓地での話をした。一同は、「墓地で聞こえる謎の音」に興味を示したようだった。

「えー。じゃあ筧さん、今晩、その墓地に行くんですか？」

陽一郎に問われ、筧は苦笑いで頷いた。

「何か、管理人さんも気にしてはるみたいやし、ほかに相談相手もいてへんみたいやし、一晩だけつきあってみようかなと思うてます」

「律儀よねえ、筧君は」

「ホントですよねえ。うちの誰かとえらい違いですぅ」

ミチルと峯子の視線が、ある一点に向けられる。そこにいるのは……当然、伊月であった。

「ち、ちょっと待ってくださいよ。どうして話が俺に振られるんすか！」

伊月はムッとした顔で、二人に食ってかかる。しかし、女性陣プラスワンの反撃は苛烈を極めた。

「だってねえ。朝来るのはいちばん遅いくせに帰りは早いし、昼は寝てるし。筧君みたいに、勤務時間外も人のために働くなんてことはないわねえ」

「そうですにゃ。教室でいちばん体力ないですよねえ、伊月先生。解剖が二つ続いただけで、倒れそうになってるし」

「ですねえ。さっきも、ちょっと実験しただけで、体力尽きたとか言って、出ていっちゃうし」

「はっはっは、形無しですなあ、伊月先生」

本当なら男性陣として庇《かば》ってほしい陽一郎にまでツッコミを入れられ、唯一の頼りの綱の清田は笑っているだけである。

「ひでぇ。……ひどすぎるぞ」

伊月は拗ねるを通り越し、いわゆる怒りモードで、椅子からすっくと立ち上がった。

「そこまで言うなら、俺だって勤勉なとこ見せますよ！　おい、筧！」

「……え？　な、何？」

突然呼ばれた筧は、ビックリして固まる。伊月は、ビシッと筧を指さし、こう宣言した。

「その墓地とやらに、俺も一緒に行くぜ。音を聞くなら、ひとりより二人、二人より三人で聞いたほうがいいだろ？　話を聞いちまった以上、俺もやむなく手伝ってやる」

筧は、思いもよらない提案に、喜ぶよりは戸惑った様子で曖昧に首を捻った。

「そ……そらそうやけど。けどタカちゃん、墓場やで？　夜の墓場やで？　小学生の時、肝試しで泣きが……」

「黙れ、それ以上言うな馬鹿！」

過去の恥を暴露されそうになって、伊月は真っ赤になって机を叩き、叫んだ。

「うるせえ、とにかく一緒に行くったら行くんだからな。法医学教室の人間が、墓場怖くてやってられっか！」

「……はあ……。まあ、タカちゃんがええんやったら、ええけど」

昔から、言い出したら聞かない伊月の性格はよく知っている。筧は、内心ミチルや峯子たちを恨めしく思いつつも、伊月の「厚意」を受けることにしたのだった。

そして、筧の予想どおり、ほとんど筧の背中に張り付くようにして墓地を通り抜け、ようやく管理人の小屋まで辿り着いた伊月は、何故か池村とすぐにうち解けた。招かれぬ客まで連れてきてしまったことを筧は詫びたが、池村はむしろ喜んで二人を迎えてくれたのだ。

あるいは、学生時代、ロックバンドでボーカルをやっていた伊月のことだ、声がよく通るので、耳の遠い池村にも、聞き取りやすいのかもしれない。

「いや、ここに客が二人も来るなんちゅうんは初めてや」

そう言って、池村はほくほくした様子で、一升瓶を持ち出した。

「いつもは晩酌でコップ一杯だけ飲むんやけど、今日はどーんと出すで！」

「おう、爺ちゃん、男前だなあ。行こう行こう、どーんと」

伊月は、こんな時だけ素早く、戸棚からコップと湯のみと茶碗を出してきた。食器が一人分しかないので、酒を入れるのにそれしかないのである。

一方、池村は、冷蔵庫から、こんにゃくの煮物やら、西瓜《すいか》やら、さきいかやら、胡瓜《きゅうり》と味噌やら、とにかく酒のあてになりそうなものをどんどん出して来る。

本来の目的はどこへやら、いきなり小屋の中は、即席居酒屋と化した。

勤務時間外とはいえ、一応仕事のつもりで来た筧は、注がれた酒を辞退しようとした。だが、池村があまりに悲しげな顔をする上、伊月に強引に勧められ、仕方なく一杯だけ頂戴することにした。食べ物のほうには、遠慮なく手を伸ばす。池村が自分で作るというそれらの惣菜は、とにかく醬油がきつくて、いかにも肴という感じだった。

そういうわけで、肝腎の午前一時が来る頃には、それほど酒に強くない伊月はすっかり酔っぱらい、ご機嫌になっていた。池村にいたっては、空の一升瓶を抱いて、畳の上で寝込んでしまっている。

筧はひとりだけほぼ素面の状態で、ボリボリと胡瓜を囓っていた。本当は底なしに飲める体質なのに、結局湯のみ一杯しか飲んでいないので、頭は普段どおりクリアである。

「ちょー、タカちゃん」

「んー？」

半分裏返った声で、伊月が答える。

「池村さんは寝てしもたし、タカちゃん酔うてるし、意味ないやん……。どうしようかな、もうそろそろ、池村さんの言うてはった、『変な音の聞こえる時間』やねんけど」

「んー。そっか」

酔っているといっても、まだ何もわからなくなるほどではないらしく、伊月は猫背で腕時計を見た。片手で、ゴシゴシと眠そうな酔眼を擦る。

「ホントだ。もう一時過ぎたな。けど、何も聞こえねえぜ？　お前、聞こえるか？」

「いや……僕にも何も聞こえてけえへん。虫の声だけやな」

伊月は、胡座をかいたまま首を傾げ、しばらく黙り込んだ。だが、長い髪を掻き上げ、かぶりを振る。

「うん。じーじー虫が鳴いてるだけだな。やっぱこの爺さんの幻聴じゃねえの？　だいぶでっかい声でないと、聞こえないみたいだし」

「そうやなあ……。でも、音が聞こえるん、一時から二時の間て言うてはったから、二時までは待とか」

「そうだな。何か、いっぱいご馳走になっちまったことだしな」

「うん。最初は二人で押し掛けた上にいろいろご馳走になって悪いと思ってんけど、池村さん、楽しそうでよかったな」

「だな。……もしかしたら、こんなとこでずっとひとりでいるから、狂言で誰かを呼んでみたかっただけかもだぜ？」

伊月は立っていって、さっきまで酒を飲んでいたコップでごくごくと流しの水を飲んだ。水道管が古いのか、少し金臭い味がする。

筧は、畳の上に長い両足を投げ出し、やけに幸せそうな顔で眠りこけている老人の、酔いで赤銅色《しゃくどう》の顔を見やった。

「そうかもしれへんな。けど、それでもええわ。僕もタカちゃんも、少なくとも人の役には立ったってことやん」

「……ま、そうだな」

二人は顔を見合わせ、笑った。

……と。

伊月は、ビクリと大きく身体を震わせた。

筧も、少し寝かせ気味だった上半身をピンと伸ばし、精悍な顔に緊張を漲らせた。

「か……筧……」

酔いで紅潮していた伊月の顔が、みるみる青ざめていく。

「……しっ」

筧は、口に指を当て、伊月を黙らせた。二人はじっとそれぞれの場所で耳を澄ませる。


ドン・ドン・ドン・ドン……


最初は、微かな音だった。だがそれは、徐々に大きくなった。

いや、正確にいえば、音が大きくなったのではない。最初は耳に聞こえていたと思ったその音が、やがて頭の中にダイレクトに響き始めたような感じがするのだ。

二人は、ただ無言でその音を聞き、感じていた。……が、やがて筧が、のそりと立ち上がった。やはり無言のまま、戸口を指さす。

筧の意図を悟った伊月は、コップに残った水を飲み干し、筧に歩み寄った。

目覚める気配のない池村老人をそのままに、筧と伊月は外に出た。

ドン・ドン・ドン・ドン……

音はやはり続いている。外に出たことで、いっそうはっきり聞こえるようになった気がした。

「何の音だこりゃ……」

低い声で、伊月が言った。筧は、小さくかぶりを振る。

「わからへん。……なんか、変な感じやな。凄いハッキリ、頭に響き渡るみたいに聞こえてるのに、耳は素通りしてる感じや。だって僕、タカちゃんの声よう聞こえるもん」

「……俺も、普通にお前の声聞けてる。でも、頭は勝手にこのドンドンいう音を聞いてる……。変だよな、絶対」

筧は頷き、真っ暗な山の斜面を見上げた。ズボンの尻ポケットからポケットライトを取り出し、光の届く限り、木立や地面を照らしてみる。

「タカちゃん」

「……なんだよ」

並んで立った伊月は、さりげなく筧のシャツの脇腹あたりを摑んでいる。怖がりな彼は、早くも声を震わせていた。

伊月を怯えさせるのは本意ではなかったのだが、筧は、気づいたことを口にせずにはいられなかった。

「耳、塞いでみ」

「…………」

筧は、自ら進んで、両手で耳をしっかり覆った。いかにも嫌々、伊月も同じことをする。二人はしばらくそのまま沈黙し、それから同時に手を離した。

「……聞こえる。耳、塞いでも、全然音の大きさ変わらねえ」

「……ってことは、耳で聞いてるん違うんや？　そしたらどこで聞いてるんやろ、タカちゃん」

「そんなことわかるかよ！」

素朴な筧の問いに、伊月は苛ついた口調で答えた。

「せやかて、タカちゃん医者やのに」

「耳は専門外だっ」

伊月は叫ぶように言って、筧の手からライトを奪い取った。光の筋が、夜空のあちこちに飛び交う。

「タカちゃん、落ち着いてや。何やこの音には、嫌な感じがせえへんねん、僕」

「ああ？」

「ええから、ちょっと黙って聞いてみてや」

筧は、再び耳を塞ぎ、目を閉じてじっと音を聞いている。仕方なく、伊月も同じようにしてみた。

小屋の中では鈍くこもっていた音が、外では一段階クリアになった。「ドン」という音は、ほぼ一定の間隔で響き続ける。

怖いと思う気持ちを抑え、視界を閉ざして音に意識を集中させると、その音はやけに懐かしいものに伊月には感じられた。

「……何だろうな。昔、聞いたような気がする、この音」

「僕もや」

目を開け、筧はぽつりと言った。

「どこで聞いたんやろう。何か、変やのに、気持ちが楽になる気がするねん」

「……ああ」

伊月は、低木の茂った斜面を見上げた。

「管理人の爺さんの言うとおり、やっぱどっちかっていうとこの斜面のどっかから聞こえてくる気がしねえか？」

篁は深く頷き、そして言った。

「ちょっとだけ、登ってみるか？」

二人は、小さなライトだけを頼りに、低木を掻き分け、斜面を登ろうとした。だが篁はスーツ姿、伊月は腕が剝き出しのタンクトップである。あちこちに生えたトゲだらけの蔓草に阻まれ、すぐに深夜の山登りを断念せざるを得なかった。

「あ……音……」

「消えたな」

シャツに絡まった蔓草を解こうとしていた篁は、動きを止める。伊月も、傷だらけになった腕をさすりながら、顔を顰めた。

「きれいさっぱり消えたな。……どういうことだろう。ありゃいったい何だったんだ？」

「わからへん……。何かここ数日、わからんことばっかしや」

篁は、頭上の梢を見上げ、深い溜め息をついた。

「まったくだよ。……あーあ。とりあえず帰るか。爺さん起こして挨拶してさ」

「せやな。……あのな、タカちゃん。相談なんやけど」

筧の微妙な表情に、伊月は眉尻を下げ、苦笑いした。

「わかってる。爺さんには、何もなかった、気のせいだって言おう。あんな気のいい爺さん、不安がらせちゃいけないだろ」

「そうやな。うん。そうする」

筧は少しホッとしたように頷き、

「ほな、先下りて、池村さん起こしてくるわ」

と、ザクザクと茂みを踏み分け、斜面を下りていった。

「あ、待てってって。俺ひとりにするなよ！」

伊月は、慌てて後を追いかけようとして、木の根につま先を引っかけ、子供の頃以来の「大コケ」をする羽目になった……。

五章　足跡だらけの道

時計が、午前零時を打った。

龍村は、ほうと溜め息をつき、パソコンの画面をちょっと離れて見遣った。

彼は毎晩、その日に経験した症例のデータを、自分なりにまとめてパソコンに保存しておくことにしている。無論、公式な文書は監察医務室にあるのだが、そこには書けない、自分の個人的な印象のようなものを、彼はどこかに記録しておきたかったのだ。それは言うなれば、「王様の耳はロバの耳」と叫ぶための、木の虚《うろ》のようなものかもしれない。

たいていの場合、死者の家庭環境や死に至った経緯、そして遺族の人々の様子などを、短く書きとめておいた。自分の気持ちを文字にしてパソコンに放り込むことによって、悩みや後悔や疑問、そんなものを一日の終わりにいったんリセットし、空っぽの脳みそで翌日の解剖に臨む。そうでもしないと、いろいろな物を抱え込みすぎて、自分の精神が「いっぱいいっぱい」になってしまうのだ。

「……ハンドルネーム、アヒル……か」

龍村の手が、マウスを操作する。記録は、前日の症例、里中涼子に飛んだ。

昨夜作成した記録の最後は、例の文句……「アヒルの足は、赤いか黄色いか？」である。その下に、龍村は、彼女のハンドルネームを打ち込んだ。

「さて。今日はもう寝るか」

データベースを閉じ、パソコンの電源を落とそうとして、龍村はふと手を止めた。机の端に置いた手帳に、視線が落ちる。しばらく考えた後に、龍村はインターネット接続アイコンをクリックした。そして、手帳を手に取り、パラパラとページをめくった。

夕方書きとめた、涼子が「アヒル」の名で入っていたチャットのＵＲＬを見つけだすと、しばらくしげしげと眺め、独り言を口にする。

「いかん。被害者のプライバシー侵害だ。こんなことは……しちゃいかんのだがなあ」

被害者のお気に入りだったホームページを勝手に探し出して、閲覧する。そんな行為は、法医学者の仕事の範疇を超えている。

やってはいけないことだと思いつつも、龍村は「一度だけ」と自分を説き伏せ、そのチャットにアクセスしてみた。

昼間は誰もいなかったチャットルームには、今は五人ほどが来ていた。みな涼子と同じように、ハンドルネームでの参加である。

龍村はチャットの画面を眺めつつ、チャット画面の右下にある「TOP」のアイコンをクリックした。とたんに、画面が切り替わる。

「温泉仲間集合！」という大きなロゴの下に、ほかほかと湯気を立てている温泉のイラストが描かれていた。

たいてい、チャットルームというのは、ホームページのコンテンツの一つとして設置される。そのホームページにアクセスする人たちが、自由に話し、情報を交換したりできるようにと設けられることがほとんどなのだ。

涼子がアクセスしていたこのチャットルームも例外でなく、その母体が「温泉仲間集合！」というホームページなのである。

龍村は、ホームページのコンテンツを、ひととおりサラリと見てみた。

どうやら、ここで温泉の好きな仲間が集い、情報交換をし、メンバーが揃えば、いろいろな温泉に出かける「オフ会」、つまり、「オンライン（インターネット世界）で出会った人々が、オフライン（現実世界）で実際に顔を合わせる会合」を開くことにしているらしい。

コンテンツの大部分は、オフ会の開催予定と報告記録、そして彼らが訪れた温泉の評価が占めていた。

「……楽しそうだな。む。ちょっと待てよ」

龍村は、いったん閉じた「オフ会報告ページ」を再び開いてみた。

ホームページの開設は、一昨年の十月。二年足らずの間に、このホームページの参加者たちは、十六回もオフ会に出かけたらしい。かなり熱心に活動していることが窺える。

「第一回、草津温泉。……ふうむ」

興味を惹かれ、龍村は第一回の記録から閲覧してみることにした。訪れたメンバーのハンドルネームがまず羅列され、次に訪れた温泉の場所や効能、宿の名前、そして旅行の行程と宴会の模様など、とにかく旅の間に起こった出来事を、面白おかしく記してある。読んだ人がちょっと行ってみたくなるような、なかなか上手な旅行記であった。

「ふむ。第二回は登別《のぼりべつ》、第三回は和歌山県の勝浦《かつうら》か。日本全国、どこへでも行くんだな」

龍村は、次々と報告を読んでいく。メンバーはその都度入れ替わるが、このホームページの管理人であり、これらの記録を書いているらしい「早苗」という人物は、常に参加しているようだった。

「なるほど。……とすると……！」

だな。……記録の最後に、参加メンバー全員で集合写真を撮って掲載するわけ

龍村のマウスを握る手に、力がこもった。さっきまでのように「記録を読む」のではなく、「ページ下の写真を見る」ことを主目的に、記録画面をどんどん切り替えていく。そして……。

「あった！」

第十二回有馬《ありま》温泉の回。昨年四月に開催されたそのオフ会の参加メンバーに、初めて「アヒル」の名が現れた。

「参加者は全部で八名……か。……おい。ちょっと待て」

龍村は、思わず身を乗り出した。記憶の隅に引っかかっていた文句が、脳裏に甦る。

「冗談じゃないぞ。いったいどういう符合だ、これは」

呻き声が、大きな口から漏れる。龍村は、視線は画面に固定したまま、手探りでスマートホンを取り上げた……。

「ちょっと。こんな時間に呼びつけて、何のつもりよ？　私、もう寝るとこだったのに」

それが、ミチルの第一声だった。龍村は、苦笑いして「すまん」と謝る。

「どうしても会って伝えたいことができたもんでな」

あれから龍村が電話した先は、ミチルの家だった。

「とにかく来い。見せたいものがあるから」

そう言うなり通話を切り、待つこと四十分。仏頂面で現れたミチルは、奇妙な格好をしていた。

緑色のカエルが一面にプリントされたTシャツに、象牙色のバミューダパンツ。裸足《はだし》にビーチサンダルを引っかけ、髪はまだ湿っている。寝るところだったという言葉が嘘でない証拠に、完璧なスッピンである。

「お前、その格好でタクシーに乗ったのか。男前な奴だな」

「急いでるんだろうと思ったから。それに、あんたに会うために、夜中からお洒落したり化粧したりする趣味はないわよ」

つけつけと言って、ミチルは初めて入った龍村のマンションのリビングを、ぐるりと見回した。

「へえ。けっこう綺麗にしてんだ。で、見せたいものって何？　ペットでも買ったの？」

どうやら、さっさと用事を済ませて帰りたいらしい。飲み物でも勧めようかと思っていた龍村だが、それはやめにして、ミチルをパソコンが置いてある寝室に通した。

「実は、今日というか、日が変わったからもう昨日か、夕方に……」

龍村はミチルをパソコンの前の椅子に掛けさせ、簡単に涼子のマンションで起こったことを話した。ミチルは眠そうな顔でそれを聞いていたが、龍村の話が終わると、椅子をくるりと回し、パソコンの画面を見た。

「で、これが彼女行きつけの温泉サイトってわけね？　これを見せたかったの？」

「そうだ。お前、オフ会って知ってるだろ？　今出してるのは、有馬温泉で開かれた十二回目のオフ会の、報告記録なんだが……」

龍村は、画面の表題のすぐ下を指さした。

「参加者の名前を読み上げてみろ」

「うん。……左から、早苗、アヒル……ああ、これが一昨日の被害者なわけね。……で？　私にこれを見せてどうなるっての？」

振り向いたミチルの頬を、龍村は指先で押して画面に向き直らせる。

「そこで止めるな。端までずーっと見てみろ」

「端までずっと？　早苗、アヒル、陽子、ナオヤ、ササライ、ずんこ、風太。……何よこれ」

自分で読み上げた名前が信じられないというように、ミチルはもう一度、参加者の名前を口の中で繰り返してみる。

今度はゆっくりと、ミチルは背後の龍村を振り返った。

「『風太がずんこを殺した』……こんなところで、あのメールの名前を見るとはな」

龍村は、低い声で言った。ミチルも、難しい顔をして頷く。

「変な名前だから、ペットか何かかと思ってたけど、あれはハンドルネームだったのね。だけど、いったい……」

「奇妙なつながりだろ？　……で、下のほうへずーっとページをスクロールしてみろ。参加者の集合写真が載ってるから」

「……へえ」

ミチルは、マウスを操作して、ページの下まで送ってみた。

写真のフレームいっぱいに、押し合いへし合いしているメンバーの笑顔が見える。

それを食い入るように見ているミチルの顔が、徐々に強張った。化粧をしていない頬から、あからさまに血の気が引いていく。

「な、下にメンバーの名前が書いてあるから、誰が誰だかわかるだろ？　左から、サ　サライ、ナオヤ、アヒル、風太、ずんこ、早苗、陽子……アヒルちゃんはお馴染みの顔だが、ほかのメンバーもみんな若いな。記録を読むと、メンバーはほとんど大学生だ。……ど、どうした？　変な顔して。知り合いでもいたか？」

「知り合いどころか……。あんた、何てもの見せるのよ。寝られなくなったじゃない！　眠かったのに」

ミチルは、両手で机をバンと叩くなり、勢いよく立ち上がった。その顔に浮かんだ当惑と怒りに似た表情に、龍村は驚いて軽く仰け反ったまま目を見張る。

「な……何だ？」

「ああもう。気持ち悪い！　凄く気持ち悪い！」

ミチルは叫ぶように言って、両手で湿った髪を掻き回した。

「お、おい。里中涼子の顔をこんなところで見たのが、そんなにショックなことか？」

龍村は慌てて宥《なだ》めるような口調で問いかける。その四角い顔を、ミチルは恨めしそうにキッと睨んだ。

「ずんこ。この顔。この人よ」

「……だから、誰だ？　お前の知り合いか？」

「知り合いも何も、どうしてこんなところで、私がこの顔を見なくちゃいけないわけ？」

ミチルは指先で、そっと画面に触れた。「ずんこ」の満面の笑みを、指でクルリと円を描いて囲む。

「おい、伏野……」

「あんたに話したわよね。消えた女性の死体の話。見つけたわ。ここに」

「……何だって？」

「写真がなくったって、忘れやしないわ。この人よ。消えた死体。あのゲームセンターで倒れてた人は、この人……『ずんこ』よ」

「何だと……。待て、このあとの記録のいくつかに、この女性は登場するんだ。他も見て確認しろ」

龍村は、立ったままマウスを操作し、昨年六月の第十三回及び七月の第十四回、九月の第十五回の記録を別のブラウザで開いた。

「な。十三回と十四回では、アヒルとずんこと風太、三人揃って参加してる。第十五回は、アヒルは参加してないが、ずんこと風太が来てる。……どうだ？」

龍村の言葉を半ば上の空で聞きながら、ミチルはモニターに鼻がくっつくほど顔を近づけ、食い入るようにそれぞれの写真を見つめた。そして、コクリと深く頷いた。

「間違いない。……伊月君やうちのボスや警察の人に確認すればいいけど、絶対私、見間違ってないと思う」

「何てこった」

龍村は愕然とする。ミチルは、硬い表情のままで、平板に言った。

「電話するわ。教授に連絡する」

スマートホンに伸ばしたミチルの手を、龍村は半ば反射的に摑んで制止していた。

「待て」

「何よ？」

「その前に……。僕にもまだ、見せるものと教えることがある」

「まだ何か？」

龍村の手を乱暴に振り払い、ミチルは尖った声で訊ねた。龍村も、真面目な顔で頷く。

「怒るなよ。だが、僕だって何をどうしていいのかわからんのだ」

「だから……何？」

「お前、倒れると困るから、とにかく座れ」

「そこまでヤワじゃないわよ」

「いいから」

強く言われ、ミチルは仕方なく、再び椅子に掛けた。龍村の太い指が、第十五回、ずんこと風太が写っている集合写真を指さした。

最初はずんこと風太を、次に風太だけを囲むように輪を描いた龍村の指は、とんと風太の顔を叩いて画面から離れた。

「で？」

ミチルは、怪訝そうに斜め上にある龍村の顔を見上げる。

「つまり……だな」

龍村はちょっと口ごもり、しかし硬い声音でこう告げた。

「この風太って奴にな。僕は昨日会ってきた」

「何ですって？」

ミチルが目を見張る。龍村は、ぽりぽりと頬を掻いて続けた。

「そうとは気づかなかったけどな」

「どういうこと？」

「つまり……。アヒルこと里中涼子の死体第一発見者にして、彼女の恋人であるところの江口智明。こいつが……『風太』だ」

ミチルは絶句し、そして無言のまま、机に伏せてしまった。龍村は慌ててその肩を揺さぶる。

「お、おい」

「……大丈夫。倒れやしないわよ。だけど、倒れたい感じになってきた」

「僕もだ。お前を待ってる間に所轄署に連絡を入れたんだが……。どうやらこりゃ、合同捜査になりそうだな」

「そうかも。たまらないわね、こんな偶然」

机に突っ伏したまま、ミチルはくぐもった声で言った。動揺を通り越して、すっかり憔悴してしまったらしいその声に、龍村は嘆息混じりに言った。

「電話、しろよ。スマホでもうちのでも。その間に、コーヒーでも淹れるよ。それとも、酒のほうがいいか？」

「私がお酒飲めないの知ってるでしょ。コンデンスミルクを山ほど入れたコーヒーが飲みたい」

ミチルは、のそりと起き上がり、スマートホンを取り上げながらそう言った。

「了解。じゃ、電話が終わったらリビングに来いよ」

龍村は、ドタドタとスリッパを鳴らし、寝室を出ていく。

「……さて。先生、寝てるわよね。起きてくれるかな」

力無く呟きながら、ミチルは液晶画面を操作し、都筑教授のスマートホンの番号を探し始めた……。

＊　＊

その夜が明けた朝、午前十時過ぎ。

「あ、刑事さん」

センター街を歩いていた筧は、背後から声を掛けられ、足を止めた。

そこには、髪を金髪に染め、左耳にピアスをした青年が立っていた。着ているのは、白シャツ、黒パンツに黒ベスト。それは、例の死体の消えたゲームセンターの従業員だった。死体を発見し、通報してきた人物である。

「ああ、こんにちは。……ええと、どうも」

事件のことを口にされると、どうもまずい……と思った筧は、なんとも微妙な角度で軽く頭を下げ、そのまま行き過ぎようとする。だが青年は、駆け足で追いついてきて、筧のワイシャツの袖をくいくいと引いた。

「刑事さん、これからどこ行くんですか？」

「用事済ませて、署に戻るとこなんですけど」

実際、今朝は出勤するなり、筧は山のような雑務処理を押しつけられ、ずっと外をウロウロする羽目になっていた。

深夜に都筑から電話が入り、それから上司たちが忙しく動いているということは先輩刑事から聞いたが、いったい彼らが何をしているのかは、その先輩ですらも知らないようだった。

そして、「お前は署におっても役に立たんのやから、細かい用事をざくざく片づけてこい」と命じられ、半ば追い出されるように署を飛び出したのだ。

「どうかしました？」

筧がそう問うと、まだ頬にニキビのある青年は、真面目な顔で筧に言った。

「あのう。そしたらちょっとだけいいですか？　俺、ちょっとあの事件のことで相談したいことがあって」

「相談？　別にええですけど……」

「そしたら、ちょっとだけ」

青年は、訝しげにしている筧の腕をひっぱり、センター街の中にあるマクドナルドに連れていった。

「刑事さん、俺奢りますし」

「いや、警察が、一般の人に奢らせるわけにはいかへんもんで」

筧は青年の申し出を断ってアイスカフェオレを買い、一緒に二階席に上がった。

「で、どないしたんですか？」

アイスカフェオレを飲みながら、筧は訊ねた。店内には冷房がよく効いていて、たちまち汗が引いていく。

青年は、モジモジしながら筧の顔を上目遣いに見上げた。

「あのう。……訊きたいことがあって」

「はあ。ですからどうされました？」

「あのう……。あの事件、どうなったんスか？　あれから新聞とか見るけど、載ってへんし。あれ、やっぱ事故？」

筧は面食らって、大きなドングリ目をパチパチさせながら、問い返した。

「何か、あの件で僕らに教えてもろてないことでも……？」

青年は、曖昧に頷いた。

「事故でも、ホンマのこと言うてへんかったってバレたら、警察に捕まったりするんでしょうかね？」

語尾が上擦《うわず》っている。筧は、困惑の面持ちで、青年に答えた。

「べつに犯人やあるまいし、捕まるわけやないですけど……」

「じゃあ、怒られる？」

「ええと……まあ、ことによっては、少しくらい。けど、何かあるんやったら、とりあえず僕に話してもらえませんか？　僕から、うまいこと上司に話せるかもしれませんし」

「……ホンマにそうしてもらえます？」

「はい」

筧は、青年を安心させようと、きっぱりと頷いた。青年は、大きく肩をそびやかせ、しばらく考えてから、ホントにしょーもないことですよ、と前置きしてからこう言った。

「あん時、刑事さんにバイト店員二人だけで休憩室でサボってたんか、って訊かれて、そうだって答えたんですけど……」

「違ったんですか!?」

篁は思わず身を乗り出す。重要証言が得られるかもしれない、そう思うと胸が期待で高鳴った。

青年は、篁の勢いに驚きつつも、素直に頷いた。

「実はもう一人いたんです」

「それって、誰です？」

「たいしたことやないんですよ、ホントに。ただ、前にあそこでバイトしてた奴が、遊びに来てたんですよ。俺がたまたま手に入れたゲームソフトをやる約束してて。で、たまたま来てて」

「で、その人物はゲーセンではどうしてはったんです？」

篁は、今度こそと張り切ってメモ帳を取り出した。青年は、ちょっと困ったような早口で説明した。

「何もしてませんよ。ただ、俺らと一緒に休憩室にいて、煙草吸ったり、新しい仕事の話したり、新しく出るゲームの話したり」

「一度も、単独行動をしたことはない？」

「ないです。俺ら、あいつが来たから、すぐ休憩室に入ったんで……。そっから、俺が様子見に外に出るまで、三人とも中にいたし」

「……そうですか」

筧は内心がっかりしつつ、メモを書き付けた。

(単独行動がないんやったら、事件には関係ないか。せやけど、事件後、店内にはバイト二人と、駆けつけた店長しかいてへんかったな)

「その人は、あなたが遺体を発見してから、どうしはったんです？　僕らが行ったときは、もういてへんかったですよね？」

「ああ。俺が『女の人が倒れてる！』って休憩室に駆け込んで言うたら、二人とも飛び出して来ました。で、死体見て大騒ぎになったんですけど、そいつだけは、何か慌ててへんっちゅうか、呆然としてるっちゅうか……」

「呆然としてる？　そら、間近で死体なんか見たら、呆然とするかもしれへんですよね」

「……はあ。まあ、わりにいつもぼーっとした感じの奴なんですけど、確か、『どうして』……とかってボソッと言って、じーっと死体の傍に立ってて。よっぽどショックやったんかな」

「かもしれへんですね。それで？」

「店長が来たときに、昔のバイトが勝手に休憩室に入り込んでたことまでバレたら、俺ら二人とも首になるかもしれへん……と思ったんで、慌てて帰しました」

「はあ、なるほど。そんで今まで黙ってはったんですか、店長にバレんように」

青年は、眩しいほどの金髪をポリポリと掻き、頷いた。

「すいません。とりあえず、あんま関係ないやろうと思って、二人で黙っておこういって決めたんですけど、何かやっぱ気になって。……あのう、これって怒られますかね……？」

筧は、セサミストリートのマペットのような顔で笑い、かぶりを振った。

「いや、うちの上司も、怒りはせえへんと思います。ただ、そのお友だちの人のお名前とおところ、教えていただけますか？」

「あ、はい。えと、住所はわかんないです。名前とスマホの番号だけでええですか？」

「構いません。こっちから連絡しますから」

「あのう。……そいつに迷惑かかるようなこと、ないですよね？」

「ええ。事情聴取だけやと思いますんで、お願いします」

青年は頷いてポケットからスマートホンを取り出し、電話帳を検索し始めた……。


「あ、係長。さっき帰りに、例のゲーセンの店員に会うて、話聞いたんですけど」

署に帰った筧は、ちょうど机で弁当を広げていた中村警部補のところへ行き、耳元で囁いた。中村は、不機嫌そうに眉を顰め、低い声で「何や？」と訊ねた。

筧は手短にさっきの店員との会話について話し、手帳に控えた「友人」の氏名と携帯番号を中村の目の前に広げて見せた。

「江口智明という人なんですけど、連絡どうしましょう。僕が電話かけてみてもええですか？」

中村は眉間に深い皺を刻み、深い溜め息をついた。そして、筧の差し出した手帳を、気怠《けだる》げに押し返した。

「その男に連絡つける必要はあらへん」

「ど、どういうことですか」

「まさしくその男、もうすぐ参考人として、こっちに引っ張ってくるからや」

「ええっ!?」

中村は、部屋に二人以外誰もいないことを確認すると、手真似で筧をしゃがませた。そして、自分の顔を、筧の耳元に近づけ、ヒソヒソ声で告げた。

「昨夜遅く、都筑先生から電話があってな」

「……はい」

「ちょっといろいろてんてこまいやったんや、それから今まで。……でな。例の件では、ちょっと水面下で、兵庫県警とうちが連絡を取り合いつつ、捜査を進めることになった。ホンマは捜査本部を置きたいところやけど、ホトケが消えた以上、派手なことは避けたいしな。とりあえず、ホトケが出るまで、必要最低限の人間でこっちはことに当たることになっとる。ちょうどええわ、お前、しばらく俺について仕事せえ。他の奴らには、事件のことは他言無用やぞ」

「は、はい。わかりました」

筧は、話がよく飲み込めないながらも、緊張して返事した。

「でも係長。何で兵庫県警と……？」

中村は、食べかけの弁当を片づけてしまうと、お茶を啜りながら立ち上がった。

「それは、おいおい説明したる。とにかく、あの消えたホトケの身元が、ひょんなことからわかったんや」

「！」

筧は、今度こそ声も出ないほど驚いた。中村は、ポカンと口を開いたままの筧の頭を小突き、しっかりしろと叱った。

「お前、まさかあのホトケが幻やと思ってたん違うやろな？　ちゃんと実在しとったんや……。ま、少々問題ありやけど」

「問題？」

中村は湯のみを置き、書類を大量に詰め込んだセカンドバッグを抱えた。

「さて、O医大行くで。詳しくは、向こうで法医学の先生がたと一緒に、お前も聞いとったらええ」

「わかりましたっ」

筧は張り切って、課長の後に続いた。

＊　　＊

同じ頃、伊月は自分の席で唸っていた。

「うーん」

「何？　私の話に嫌んなってんの？　それとも伊月君たちの聞いた『変な音』のこと？」

隣の席で、昼ご飯代わりの菓子パンを囓りながら、ミチルが問いかけた。結局、昨夜一睡もしないまま大学に駆けつけたせいで、寝不足も甚だしい彼女である。けっしてご機嫌がよろしいとは言い難いミチルの鼻先に、伊月は自分の剝き出しの腕を突きつけた。

「ミチルさんのネットの話も大概気持ち悪いですけど、それはこれから警察が来て、話が進んでくんだろうからいいじゃないですか。身元がわかれば、消えた死体だって出てくるかも」

「……まあね。あら、ひどい腕」

「昨日、その管理人の爺さんの小屋の裏山で擦り剝いたんですよ。可哀相でしょう」

「痛そう。ちゃんと消毒した？」

「ここに来て消毒しようと思って、救急箱開けたら……何が入ってたと思います？」

伊月は、机の上に置いてあった、小さなプラスチックの瓶を取り上げた。

「マキロン！　医学部の教室の救急箱にマキロンとオロナイン軟膏っすよ。アンビリーバブルにも程がある」

「いいじゃない、教授殿に言わせると、市販薬のほうが効くんだそうよ」

ミチルはクスッと笑った。……と。

コンコン！

扉がノックされた。峯子が立っていって、扉を開けた。中村警部補と筧が入ってくる。

「いやあ、先生方のおかげで、一筋の光明が差してきました。ありがとうございます」

中村警部補は、椅子に掛けるなりそう言って、セカンドバッグから書類を一束取り出した。

「いや、僕は今回何もしとらんよ。伏野先生と、監察の龍村先生のおかげやな」

都筑はそう言って、差し出された書類をテーブルの真ん中に置いた。そこに集ったミチルと伊月、そして筧が、いっせいに覗き込む。

中村は少し得意げに言った。

「昨夜お電話いただいてから、もうあっちもこっちもフル稼働ですわ。本店から手伝いを出してもらいましてね。下の者はペラペラ外に喋られると困るんで、今んとこ、こいつだけ連れて回ることにしとるんですが」

ちらと見られて、筧はぺこりと頭を下げた。おそらく、「いちばん下っ端で使いやすい」うえに法医学教室によく馴染んでいるという意味で、筧が選ばれたのだろう。

「で、まだまだ捜査中ですが、とりあえず、ええと、その『温泉仲間集合！』とかいうホームページの管理人さんに協力していただいて、『ずんこ』、『アヒル』及び『風太』の素性を調べました。何や、面白いですな。実際に会うたことのない相手と、いきなり旅行くんですな、そのオフ会という奴は。まあおかげで、いろいろわかりました。……まず、これです」

中村は、一同に一枚目の書類を見せた。

「これが、『ずんこ』こと、阿部《あべ》純子《じゅんこ》の身元です。管理人さんのほうから、旅行中のスナップをお借りしてきました。見てください、よーく」

最後の一言に、やけに力が入っている。ミチルは昨夜のことがあるので平静に見たが、他のメンバーは、口々に驚きの声を上げた。

「ミチルさん！　間違いないっす。ゲーセンで死んでたの、この人ですよ！」

伊月の興奮の声が、全員の思いを代弁している。

「ホンマにいたんや……」

筧も、呆けたような顔で呟いた。都筑は、安堵の表情で嘆息した。

「ようやく、一歩踏み出せた感じやな。で、この人の素性は？」

「はい。阿部純子、三十一歳、大阪府I市在住で、市内の小さな印刷会社で事務員をしとりました。両親はすでに亡く、兄弟姉妹もおりません。孤独な身の上ですな。まだ調べは終わってませんが、職場に問い合わせたところ、まったく地味な印象の人だったそうです」

「へえ……」

伊月は、写真を取り上げ、しげしげと見てみた。写真の中の純子は、ほっそりした、どこか儚《はかな》い感じのする女性だった。

中村は一つ咳払いして、言葉を継いだ。

「ただし、昨年十二月二十五日の昼休みに職場から出ていって以来、二度と出勤しておりません。無断欠勤ですな。よって、一月末をもって、この会社をクビになっています」

「もう半年以上前から？　お家には？」

ミチルはビックリして書類から顔を上げた。

「家賃はじめ、各種料金は自動引き落としなんで、正確にはいつからおらんのかわからんのですけど、大家は、年末に見掛けたきりだそうです。隣の住人も、今年に入ってから、一度も顔を合わせたり物音を聞いたりしたことはないと」

「新聞は？」

「取ってません。郵便も、昨年十二月二十五日消印のものから、郵便受けにたまりまくってました」

「ってことは、その頃から、事実上失踪状態ってことですか」

「そうです。銀行口座を調べましたが、自動引き落とし以外に金の出し入れはありません。家にも、家財その他を持ち出した形跡がないんですわ。失踪にしても、ちょっと不自然な感じがしますがねえ」

伊月の声に、中村は頷いた。伊月は、尖った顎を指先で掻きながら、変だな、と呟く。

「だけど、俺たちがあの人の死体を見たのは一昨々日でしょう？　何で、年末から失踪して、仕事にも行ってないその人が、事務服を着て死んでたんだろう」

「それも謎なんですわ。どっかよそで働いてたんかと思うたんですが、元の会社の事務員の女の子が、あのゲーセンの女性……つまりおそらくは阿部純子さんですな、彼女が着ていたんと同じ制服着とりましたんで、いやはやもう」

中村は綺麗にセットした髪をスルリと撫でてから、二枚目と三枚目の書類を一同に示した。

「そしてこちらが『風太』こと江口智明。伏野先生はもうご存じでしょうが、兵庫県K市N区の書店でアルバイトをしているフリーター、二十五歳です。そして、こちらが『アヒル』こと、里中涼子、十九歳。K大学の学生ですわ」

ミチル以外のメンバーは、ふむふむと興味深そうに書類に添付された写真に見入る。

「この三人は、第十二回の温泉オフ会に、揃って初めて参加しとります。管理人の『早苗』さんの話によれば、三人が顔を合わせたのはそれが初めてですが、ええと、チャット？　でそれまで半年ほど毎晩のように話して、互いに仲良かったそうですな。ですから、あっという間に意気投合して……」

中村の手が、三人の写真を、『風太』こと江口智明を真ん中にして横一列に並べた。

「どうも、里中涼子も阿部純子も、江口目的でこのオフ会に参加したようなんです。管理人の話によれば、どうも微妙な三角関係が、最初の旅で出来上がってしまったそうで」

「三角関係！　二十五歳が、十九歳と三十一歳を両手に花か。けっこう激しいな」

伊月は口笛を吹く。中村は苦笑いした。

「このホームページのメンバーは、旅行以外にも、食事やカラオケで近くに住んでる人間がオフ会を開くことがあったそうで、そういうときも、いつも三人一緒に参加していたそうです」

「なるほど……」

それまで黙って聞いていた都筑が、腕組みしたままで唸った。

「三角関係のひとりは半年以上前から失踪、ひとりは殺害されて、しかも最後のひとりが第一発見者か。変な密告メールも法医学会のメーリングリストに来てるんやろ。そらもう、話聞くしかないわな、その江口っちゅう男に」

中村は頷く。

「ええ。何の容疑もまだかけられませんので、参考人として、任意で引っ張ってきました。もうすぐ署に来ますんで、一緒に来て、見てもろてもよろしいんですけど」

都筑は、峯子に声をかけた。

「おおい、住岡君。僕の午後の予定、どないなってる？」

峯子はクルリと振り向き、即座に告げた。

「午後三時から、カリキュラム委員会に出席の予定です」

「そうか。ほな、僕はアカンな。伏野先生と伊月先生、行ってきたらええ」

ミチルと伊月は素早く視線を交わし、それぞれ頷いた。

「僕の代わりに、しっかり話聞いてきてや」

そう言って立ち上がった都筑教授は、肩をとんとん拳で叩きながら、こうこぼしたのだった。

「しかし、犯罪も、インターネットやオフ会やメールやてうるさいもんが絡んできて、ますます僕ら頭の固い人間には、やりにくうなってきたなあ……」

＊　　＊

「取調室ですか？　意外に綺麗ですね」

それが、コンクリート張りの殺風景な部屋に通された江口智明の、最初の言葉だった。

取調室の中に入っている刑事も、マジックミラーの向こう側で見ている中村、筧、伊月、ミチルの四人も、愕然とする。

江口智明は、ごく普通のおとなしそうな青年、という感じの人物だった。中背でやや痩せていて、こざっぱりした服装をしている。龍村が言ったとおりだとミチルは思った。フレームレスの洒落た眼鏡を掛けた彼は、あまり感情を表情に出すほうではないらしく、能面のような顔をしていた。

「掛けてください。はよ始めましょう。あなたは別に容疑者やないんで、お話聞かせてもろたら帰っていただけますし」

刑事は渋い顔で言って、自分の向かいのパイプ椅子を江口に勧めた。江口は素直に椅子に掛け……そして鏡を指さした。

「あれが噂のマジックミラーですね。今、誰か覗いてるんですか？」

鏡の向こうの四人はギョッとしたが、江口はすぐに刑事のほうへ向き直った。

「冗談です。取り調べじゃないんですよね。……取り調べにしていただいてもいいんですが」

「江口さん……。とにかく、ご自分の氏名住所生年月日からお願いします」

刑事は、饒舌な江口に呆れた様子で、しかし筆記役に目で合図した。

江口は、すらすらと質問の答えを述べ、そして、きちんと背筋を伸ばしたまま、静かな声で刑事に言った。

「あなた方の手間を省いてあげますよ。せっかく僕まで行き着いたんだ。一気に話を詰めてはどうですか?」

「……は?」

刑事は煙草を一本箱から取り出したままで、眉を顰める。

江口は、口元に淡い微笑を浮かべ、言った。

「風太がずんこを殺した。でしょう?」

「……あんた、何でそれを知って……」

「知ってますよ。僕が送ったメールなんだから」

沈黙が落ちた。鏡の表側でも裏側でも。

凍りついた空気の中で、江口だけが、どこか嬉しげな様子で口を開いた。

「セキュリティがなってない。メールアドレスを知ることなんて、ネットを少し知ってる人間なら、簡単でしたよ。メーリング・リストの管理には、もう少し気をつけたほうがいい」

鏡のほうへちらりと視線を投げて言った江口は、次に刑事に向かって、ゆっくりと告げた。

「ヒントを差し上げたんです。意外に短時間に僕に辿り着いたので、感心しました。そうですよ、ずんことアヒルを殺したのは、僕です。ほら、記録をちゃんと取ってくださいね」

「……どういうつもりよ、あの男」

ミチルは、呆然として呟いた。だが、答える者は誰もない。中村だけが、筧の肩を叩き、嗄《しわが》れた声で命令した。

「おい。今すぐ、兵庫県警に連絡せえ。江口が自供を始めたから、飛んでこいて」

「わ、わかりましたッ！」

筧は弾丸のように部屋を飛び出していく。残った三人は、江口の言葉にじっと耳を澄ませた。

何をどう質問していいかわからない刑事をよそに、江口はまるで俳優が台詞を言うような滑らかさで話し続けた。

「あのホームページのチャットで、僕らはほとんど同時に知り合いました。ずんこは優しい姉のようだったし、アヒルは可愛い妹のようだった。チャットというのは、時に見知らぬどうしを、普通の友情以上に親密な関係で結びます。顔も素性も知らない相手だからこそ、心を許せる、何でも話せる」

「そんな……もんですかな」

刑事は、緊張で震える手で、苦労しながら煙草に火をつけた。深く一服して、ようやく少し落ち着いたらしく、江口に言った。

「じ、順番に話してもらえますか」

江口は、両手を腿の上に置いたまま、わかってます、とあっさり答えた。

「僕らは次第に、個人的な悩みを語り合うようになった。恋や、将来の不安や、日々思うことについてね。そんなとき、オフ会が有馬温泉で開かれることになりました。僕は当時この町にいたし、ずんこは府内のI市に、アヒルはご存じのとおり、隣県のK市にいる。そう遠くない場所だということで、僕たちはそろって参加し……そして、初めて会ったんです」

一年以上前の日を思い出すように、江口は一重瞼《ひとえまぶた》の細い目を、さらに細めた。

「二人とも、想像していたとおりの女性でした。驚くほどに。幸い、彼女たちにとって、僕もそうだったようです。僕は強烈に、二人ともに惹かれた。彼女たちも、ぼくに特別な好意を持ってくれたようでした」

「それはつまり、三角関係ということで？」

「俗な言い方をするなら、そうかもしれません。僕らはそれから、決まって三人で出かけました。優越感と、緊張感と、嗜虐心と、競争心。友情と愛情のバランス。年齢差と互いの性格の違いが、あの絶妙な関係を保たせてくれていたんです。……でも、あの時、それが崩れてしまった」

「あの時？」

刑事は、二本目の煙草に火をつけ、机に頬杖をついた。もはや、自分の役割は尋問することではなくただ彼の話を聞くことなのだと割り切った様子である。

「あれは、十五回、山口県湯田《ゆだ》温泉でのオフ会だ。アヒルは行けないと言いました。参加を見合わせようとしたら、二人で行けばいいと、アヒルは言った。だから僕とずんこは、軽い気持ちで出かけました。別に二人きりじゃない、かまうもんかと思ったんです。確かに、湯田温泉では皆で楽しく過ごした……でも、帰り道……」

「帰りに、何か起こったんですか？」

「僕らは、せっかくなので、帰りに宮島《みやじま》に寄ろうと、車で来ていました。一泊して翌朝、他のメンバーと別れ、僕とずんこは車で湯田温泉を出たんです。宮島を経由して、夕方には彼女を家に送り届けるつもりでした。ところが、エンジントラブルで遅くなって……宮島を出たころには、もう日が暮れかかっていました」

「……それで？」

「高速道路に入る前に、ホテルが目に入って……。どちらが誘うでもなく、僕らは広島で一泊しました。何が起こったかまでは言う必要はありませんね？」

刑事は、江口があまりにも理路整然と話すので、戸惑いの表情で頷く。江口は、一口冷めた茶を啜り、目を伏せた。

「僕らは、それを一度限りのこととして忘れようと約束しました。でも……ずんこは、アヒルに打ち明けてしまった。罪の意識からだったのか、勝利宣言のつもりだったのか……。アヒルは僕らを詰《なじ》りました。僕はアヒルにすまないと思い、ずんこの裏切りに失望した……。ずんこは、ただ泣くばかりだった。こうして僕らは、決裂状態になりました」

ここからがポイントですよ、と念を押し、江口は一つ大きな息を吐いた。

「そして、年の暮れ……十二月二十五日の昼、ずんこが、僕の職場に訪ねてきました。あの頃僕は、センター街のゲームセンターに勤めてました。その日は、前の夜に電気系統のトラブルがあって、店は臨時休業、修理の業者を入れてたんです。店長は来ず、もう一人のバイトも、彼女とクリスマスを過ごしたいというので、僕ひとりが残っていました。午前十一時頃、業者もようやく帰って、僕はゲーム機がちゃんと動いてることを確認したら、帰っていいことになってました。そこへ、職場から直接、彼女がやって来たんです。彼女は言いました。妊娠したと」

「……ミチルさん。何であいつ、こんなに洗いざらいぶちまけてんです？」

伊月は、ミチルのシャツの袖を引いて言った。ミチルは、なんとも言えない顔で肩を竦める。中村だけが、ムッとした表情で、指をバキバキ鳴らした。

「最近、おるんですわ、ああいう奴。自分のしたことを、テープレコーダーみたいにペラペラ言いよる、罪の意識のない人種がねえ。……何か変ですわ、最近の若いもんは」

まだ中村よりは「若いもん」に近いミチルと伊月は、返す言葉もなく、また江口の告白に聞き入る。

「相手は僕で、あの広島の夜だと、ずんこは言いました。僕はそれを疑いはしなかった。ずんこは、誰とでも寝るような女性ではなかったからです。……彼女は、どうする、と僕に訊きました。僕が黙っていると、彼女はすぐ脇にあったDDRの台に乗りました。小銭を入れて、曲を選んで……。何をする気だと訊ねたら……」

――今、四ヵ月なの。激しい運動をしたら、流産しちゃうって言われたわ。……これって、激しいわよね。

「産んでもいいなら止めてくれ、堕ろしてほしければ、放っておいてくれ。そう言って、彼女はプレイを始めました。事務服にヒールでDDRですよ？　まったく馬鹿げてる」

ひひひ、と奇妙に甲高い声で笑って、江口は眼鏡を外し、軽く充血した目を擦った。

「彼女がジャンプするたびに、踵《かかと》が鳴りました。店内の音楽は止まっていたから、彼女の荒い息づかいが妙にはっきりときこえました。彼女の腹は、まだ赤ん坊がいるようにはみえなかったけれど、そこを見ているうちに……僕の中には何か説明できないものが込み上げてきて……。そう、恐怖です。赤ん坊をその中に持った女が、今目の前で飛び跳ねてる。ずんこが着地するたびに、開いた脚の間から、どろりとした、まだ人の形を持たない赤ん坊が出てくるような気がして、僕は狂おしいほど恐ろしくなりました。……そして、気がついたら……僕は彼女に足払いを掛けていました」

顔は焦燥していても、声はまるでコンピューターが喋っているように平板で、淀みなかった。刑事は、額に滲んだ汗を拭いた。室内はクーラーが効いているのに、手のひらにも背中にも、じっとりと汗が浮いていた。

「……足払い……ということは……」

「彼女はあっと叫んでバランスを崩し、台の上に仰向けにひっくり返りました。ゴツンというか、ガツンというか、鈍い嫌な音がして、彼女は全身を細かく痙攣させて、起き上がれない様子でした。……そのうち、頭の下から、血がボタボタ凄い勢いで落ちてきて……ああ、頭が切れたんだなって。僕は、彼女の頭の脇にしゃがんで、それをただ見てました。彼女もぼんやり僕の顔を見ていて……」

「それで？」

刑事は、押し殺した声で訊ねた。筆記役のカリカリとペンを走らせる音だけが、部屋に響く。

江口は、虚空に焦点を結び、ボソリと言った。

「『どうして』と。そう言って、彼女は目を閉じ、もう動かなくなりました。僕は、彼女の手首を取って、その脈がだんだん弱くなって、消えるまでじっとしていました。……呼吸が止まって、心臓が止まって、僕はひどくホッとしました。ああ、もうこれでドロドロの胎児は出てこない。そう思ったら、とても安心しました」

「……そんで、その後はいったい……」

「休憩室の布団からシーツを剝がして、それでずんこの身体をグルグル巻きにしました。何時間も掛けて、床を綺麗に拭いて、それから車を店の裏口に回してきて、彼女の身体を後部座席に乗せました」

「それから？」

「彼女の死体を片づけましたよ」

サラリと言って、江口は刑事の顔を正面から見た。何の感情も、そのツルリとした顔からは読みとれなかった。

「そんなことはいい。僕が話すべきことは、その後のことです。僕は、すぐに職場を変わりました。あのゲーセンに行くたびに、DDRの台を見るたびに、胎児のことを思い出す。怖くてたまらなくて、引っ越したんです。……新しい家も職場も、アヒルのマンションの近くでした」

「……ひとりを殺してしもうたから、もう一人に走ったっちゅうことですか？」

「僕がそうしたのは、アヒルが僕に救いを求めたからです。ずんこと連絡が取れない。電話にも出てくれない。どこかへ行ってしまって会えないと言って、彼女は泣きました。哀れだと思った。彼女がずんこと永久に和解できなくなったのは、僕の責任です。だから、僕が彼女の傍にいることで償おうと思いました。……それからこれまでの日々は本当に穏やかでした。でも、一昨々日、僕はあのT市のゲーセンに、元の職場に行くことになったんです。元の同僚が、僕がずっとほしかったゲームを手に入れたから来いと。断るのも悪いので、仕方なく行きました。もうすべて終わったことだと自分に言い聞かせて」

「……僕が今朝聞いた話や」

兵庫県警へ連絡をつけ、いつの間にか戻ってきていた筧が呟いた。

「元同僚と休憩室であれこれ話して、それなりに楽しく過ごしました。……でも、途中で様子を見に行った奴が、血相を変えて戻ってきて、ＤＤＲの台の上で、女が倒れているると。……飛び出してみると、そこには……ずんこが倒れていました」

「な……何やて!?」

刑事は、思わず椅子を蹴って立ち上がった。江口の顔を覗き込む。

「あんた、何言うてるねん。さっき、その、ずんことかいう女、自分が殺したて言うたやないか。なんで半年以上経った一昨々日、また死んでるんや。警察馬鹿にしとるんか！」

バンと平手で机を叩かれても、江口は少しも動じなかった。

「幻だから、ですよ」

「……ああ？」

「七ヵ月前に死んだ人間が、そこに現れたら……それは幻でしょう？　明快な論理だ。他の二人が大騒ぎしている間、僕は彼女の幻のそばに立ち、じっと見ていました。僕が彼女を死なせた同じ時刻、同じ場所に、同じ服装、同じ格好で倒れた彼女の目が、突然パチリと開いて、僕を見上げました。唇が小さく動いて……『おねがい』と。それきり、ずんこはまた目を閉じました。僕は理解しました。ああ、彼女の魂は死んでいないのだと」

「……あんた……いったい……」

頭おかしいんと違うか、という言葉を必死で飲み込み、刑事は力無く首を振った。

「元同僚にやばいから帰れと店から追い出されたあとも、ずっと考えていました。僕はどうするべきか。次の日、職場の本屋で、倉庫の整理を言いつけられたのをいいことに、僕は仕事を途中で抜け出して、アヒルのところへ行きました。まずは、彼女に僕の罪を告白しようと思ったんです。彼女はパソコンで何か作業をしていて、僕らはしばらくたわいないお喋りをしました。そうしたら、何かの拍子に、彼女が言ったんです」

――ずんこがいなくなって寂しかったけど、結局それが幸せにつながったんだよね。あたし、風太と二人でいられるようになって、凄い幸せ。……ね、そのうちあたしたち、結婚とかしちゃったりするのかな。子供とかできてさあ。ね、子供、ほしくない？

「それを聞いた瞬間、視界が真っ赤に染まりました。子供、という言葉に、ずんこの脚の間からぬるぬると滴り落ちる血液と、魚のような赤ん坊の幻影が広がり……脳が膨れあがったような感じがして……物凄い恐怖が身体を焼き尽くすような……」

江口は、両の手のひらを持ち上げ、じっと凝視して言った。その声は、もう独り言のように低く小さくなっていた。

「気がついたら、アヒルが椅子の背に掛けていたスカーフで、思いきり彼女の首を後ろから絞めてました。……彼女は最初、必死でスカーフを解こうとして……だけど、そのうち、ビクビク痙攣して、それが止まったら手から力が抜けて、虚ろな目で、首をねじ曲げて僕を見ました。喉が潰れて、声は出なかったけど……やっぱり、その口が小さく動いて、『どうして？』って……。僕が何か言う前に、彼女の瞼は閉じてしまいました……。僕は、アヒルも殺してしまった」

江口は、無言になってしまった刑事に、手のひらを突き出すようにした。

「この手で。そして僕は、アヒルが自殺したように見せかけ、書店に戻りました。誰も倉庫に入ってこなかったらしく、僕が抜け出したことはバレませんでした。僕は定時に仕事を上がり、またアヒルの部屋に行き……そして、警察に電話しました。そこから先は、ご存じですか？　……みたいですね」

江口の声は、また落ち着きを取り戻している。刑事は、急に落ちくぼんだように見える眼窩を、指先で揉みながら訊ねた。

「なんで……殺した？　なんでそんな工作をした？」

江口は軽く首を傾げ、小さく微笑した。

「工作をしたのは、僕が逮捕されるまでの時間を稼ぎたかったからです」

「どうして、時間稼ぎが必要だった？」

「彼女たちの『どうして』の問いに対する答えを、ずんこに何を『お願い』されたのか、考える時間がほしかった。……だから、しばらく自由でいたかった」

「ほんなら、答えが出たから、今こうしてベラベラと自供しとるんか？　もう自由の身でなくてようなったんか？」

江口は小さく肩を竦めた。

「答えは……出ませんでした。僕は、自分を襲い、狂わせる恐怖の正体が、わからない。それに支配される自分が怖い。ずんこの『おねがい』の意味もわからない。こんな自分が、僕はとてもとても嫌だ。……だから僕は、答えを出す代わりに、自分がすべきことをすることにしたんです」

「すべきことっちゅうと、自首するということやな？」

「本当のことを、知っておいてほしかった。それが、ここに来た理由です。警察の方には、宿題を残しておきます。ずんこの死体をどこに置いたかは、教えません」

「……どういうことや……」

「ヒントを残しておきましたよ。警察も、最近評判が悪いでしょう。ここで一つ、鮮やかに僕の謎掛けを解いて、ささやかなお手柄を上げてください」

「お、お前、俺らを馬鹿にするんもええ加減に……！」

「馬鹿にしてなどいません。……それに、自供はしましたが、自首はしません」

「何やて？」

意味不明の発言に、目を白黒させる刑事を見て薄く微笑しつつ、江口はジーンズのポケットに手を入れた。

「僕は、僕の中に巣くっているこの恐怖が、また出てくるのが怖い。誰かを好きになるたびに、こんなことになると思うと、怖い。……だから、僕は、僕の中の化け物を消すことにします。……僕ごと、ね」

チキチキ、と小さな音がした。

江口の腕がすっと上がる。その手には、カッターナイフが握られていた。

「アカン！」

叫ぶなり、筧がまた部屋を飛び出す。伊月とミチルも後を追った。中村は、マジックミラーを両手で叩き、部下に警告を発しようとする。

江口は鏡のほうをちらと見遣り、そして、カッターナイフをためらいなく自らの首にあてがった……。

間奏　飯食う人々　その五

「ミチルさん！　筧も」

法医学教室に先に戻り、ひとり待っていた伊月は、セミナー室に入ってきたミチルと筧の姿に、椅子から立ち上がった。

「ただいま」

ミチルはそう言って、疲れきった顔で伊月を見た。筧は黙って、軽く手を挙げる。

「風太は……江口智明は？」

ミチルは力無くかぶりを振った。伊月も、溜め息をつく。

「そうですか。自分で他人の死も自分の死も綺麗に演出してくたばったってわけか……くそっ」

伊月の手が、椅子の背を苛立たしげに叩く。

取調室に伊月たちが駆け込んだ時、江口は頸部から大量の鮮血を噴き出し、床に倒れ込んでいた。血相を変えた刑事と筆記役が、呆然と立ち尽くしている。

「どいてくれッ！　筧、救急車！」

伊月は二人を突き飛ばすと、江口を抱きかかえた。脈に合わせて水鉄砲のように血液を噴き出す頸部の深い刺切創《しせつそう》を、血だらけになるのも構わず、手で押さえる。

「……くそ……！」

しかし、傷は驚くほど深かった。頸部の筋肉が、すっぱりと切断されている。

「この出血は……動脈ね。とにかく、これで圧迫を」

伊月の傍らに膝を突いたミチルは、ポケットから出したハンカチを、無駄とは知りつつも傷に押しつける。だが、江口はゴボッと大きく咳き込むと、口から大量の赤い泡を吹いた。どうやら彼のカッターナイフは、気管の一部さえも損傷したらしい。

絶望だ、ということは、誰の目にも明らかだった。

「ばっか野郎……」

伊月は、小さく痙攣する江口の身体を抱え、やるせなく悪態をついた。

「俺は法医学の医者なんだからな！　生きてる奴の面倒みるのも、死に目を看取るのも、全然慣れてねえんだッ」

その声が聞こえたのか、江口は細く目を開け、喉から、ヒュウ、という笛のような音を出した。そして、その目が再び閉じられた時、ひときわ大きな痙攣が、彼を襲ったのだった……。


「何か、すげえ脱力した」

伊月は、またドスンと椅子に腰を下ろし、机にダラリと突っ伏した。肌についた血液は拭き取ったが、シャツに染み込んだ血は、いかんともしようがない。伊月もミチルも、何やら物騒な血だらけの服を着たままだった。

「筧君、お茶くらい飲んで行けるでしょ」

ミチルはそう言って、冷たい緑茶を出そうと、冷蔵庫を開けた。

「……あら」

冷蔵庫には、大学近くのケーキ屋の大きな紙箱が放り込まれていた。ミチルは、それをガサガサと取り出す。

箱には、例によってメモが貼り付けられていた。

「『お疲れさん。報告は明日　都筑』……明日、嫌がらせみたいに報告の山があるとも知らず、呑気ねえ、うちのボスは。差し入れよ、都筑先生から」

ミチルは紙箱をテーブルに置き、開いてみた。中に入っているのは、人気商品のアップルパイである。甘煮にした林檎半個を形のままパイ皮に包み、焦げる寸前までしっかりと焼き上げたものだ。

三人は、ペットボトルのお茶を飲みながら、夕飯代わりにアップルパイを二つずつ貪った。

「旨い」

筧は、大きな口で気持ちいいくらいバリバリとパイ皮を咀嚼した。

「何かさ、すげえ虚脱して混乱してるのに、目の前で人が自殺して、その血の臭いが服に染み付いてたりするのに……腹、減るんだよな。人間ってタフだな」

伊月は感心したようにそんなことを言った。

「それでいいのよ。生きてる限り、お腹は減るわ。そして脳に糖分が行かないと、動けないし考えられないもの」

「そうっすね」

伊月は、パイの皮だけをむしって口に運びながら、よれた笑みを浮かべた。

「おまけに、やけにこれ、旨い。そう思えるなんて、信じられねえな」

時計はすでに午後八時を過ぎている。疲労が、目に見えない澱《おり》のように、三人の足元に澱んでいるようだった。

「伝言が、残ってますよ」

伊月はそう言って、テーブルの上のメモを拾い、読み上げた。

「森君から。例の血痕の沈降反応とELISAの結果が出てます。少々反応が弱いんで結果が綺麗とは言いがたいんですが、とりあえず人間の血液です、と」

「うーん……」

「血液型もとりあえず調べましたが、A型だそうです」

ミチルはテーブルに散らかったパイの屑を拾い集めながら、暗い表情で言った。

「それ、陽ちゃんにオーダーを出したときは、何が起こるんだろうってワクワクしてたんだけど。今は、かえって気が滅入るわね」

「ま、ね……」

伊月も鈍い返事をして、はーあ、と深い溜め息をついた。

「何か、死体が消えて、でもゲーム機から血痕が取れて、K市で女の子が殺されて……。大阪府と兵庫県で別々に起こった事件がインターネットで繋がって、何もかもが物凄い勢いで回り出して。うわ、凄いことになってきた……って、俺、すげえはしゃいでた。もしかしたら、凄いトリックであの死体は消えたんじゃないかって」

寛もミチルも、黙って頷く。伊月は、片肘をついて頬を支えつつ、気怠げにこう続けた。

「何かさ、途中まで上手くいってたのに、何でここにきて、何でこうなんの!? って思うのは変ですかね?」

「べつに」

ミチルは短く言って、伊月のグラスにお茶を注ぎ足した。

「ただ、トリックなんて、現実の殺人にはないのよ、伊月君」

「どうして?」

伊月は拗《す》ねたように問いかけた。ミチルは首を傾げて少し考えてから言った。

「衝動的な殺人であれ、長い間考え抜いた上での殺人であれ、人間が人間の命を奪うには、物凄いエネルギーが要るって思わない?」

「そりゃ……思いますよ」

「結局のところ、殺人に至るまでの過程はどうあれ、殺しの瞬間、そこにあるのは狂気だと思うのね。そして、狂気に理屈なんかない。それがどんなに不可解な事件でも、トリックなんてそうそうあるもんじゃないわ。どんなに複雑そうな事件でも、謎の糸をドンドン解いていけば、最後に残るのは衝動と狂気なんじゃないかなって。そう思う」

一息に喋って、ミチルは嘆息した。

「とはいえ、私も今回は、何か小説仕立てみたいなものを期待してたのかもしれない。馬鹿よね」

「今、俺、あの『風太』の心境がわかんないんですけど、それだって、あるがままに受け入れなきゃいけねえのかな」

「私もわかんない。……あんなに淡々と言われちゃったら、どうしていいかわからない。どうして風太が、好きな女の人二人を衝動的に殺しちゃったのか、どうしてそれをあんなに淡々と話して、ご丁寧に宿題まで残して消えてくれたのか、全然理解できない」

「キレる若者って奴かな。それとも、心の病気？」

投げやりに伊月が口にしたそんな言葉に、ミチルは肩を竦めた。

「どうしてそうした言葉があるか知ってる？　理解できない恐ろしいものを掻き集めて、ある言葉でカテゴライズしてやると、安心するからよ。一つの狂気は恐ろしくても、それを束にしてやれば、それは『けっこうありふれたもの』なんじゃないかって錯覚できるから。ああ、こりゃ『キレる若者』だって言えば、それ以上、そのことを理解する努力をせずに、自分を納得させることができるから」

「……なるほど」

伊月は、親指の爪を嚙みながら、真っ暗な窓の外を見て呟いた。

「でも、そんなふうに納得するにゃ、まだちょっと早いな」

「どういうことや、タカちゃん?」

「風太の残してった、宿題。……ずんこの、阿部純子の死体を見つけてやらなきゃダメだろう。だってよ。風太の言うことがホントなら……っていうか、それ以外に説明のしようがねえけど、俺たちだって見たんだぜ、阿部純子の『幻』を」

「幻……幻て、あんなハッキリしたもんなんか?」

「俺が知るかよ。だけど、実際死体は消えたんだし、現場で写真が写らなかったろ?」

筧は、戸惑いつつ頷いた。

「あれが幻だって言われたら、そうしたことに納得できるじゃねえか。悔しいけど、そうだろ?」

筧は、曖昧に浅く頷く。伊月は、きつい目を細めて言った。

「もし阿部純子が、江口にだけ怨みを言うつもりだったんなら、あいつにだけ姿を見せりゃいい。けど、俺たちだってあの姿をあんなにハッキリ見たんだ。それって、阿部純子が、俺たちにも言いたいことがあるってことなんじゃねえの？　見つけてくれって言ってんじゃねえかな」

「タカちゃん……。ほな、あの極楽袋の中身も、意味があるっちゅうんか？」

「そ、それは……」

あの袋を開けたときの凄まじい腐臭を思いだし、伊月は顔を顰める。ミチルは、ボソリと言った。

「それが、阿部純子からの『宿題』なのかも。自分の居場所を……自分の身体が今ある場所を、私たちに教えようとしているのかもしれない」

「……ミチルさん。それ、滅茶苦茶小説っぽいっすよ」

伊月は呆れてツッコミを入れた。ミチルも、少し拗ねた顔で、わかってるわよ、と言った。

「だけど、何かそんな気がするんだもん。思い出してみてよ、阿部純子の死体が消えたあと、袋の中に残ってたものを」

伊月と筧は、ちょっと黙り、そして口を開いた。

「残ってたものって……腐敗液と髪の毛と」

「土、ですよね……。っちゅうことは」

二人の声が同じ言葉を紡いだ。

「土の中!?」

ミチルは肯定とも否定ともつかない首の傾げかたをする。

「そうじゃないかな」

「でも、それだけじゃアバウトすぎてわかんねえ。あいつ、車で死体を運んだんでしょう？　T市じゃなく、もっと遠く……他県かもしれない。……あ、そうか。だからあいつ、ヒントがどうとか言ってたのか」

伊月は、机からがばと起き上がった。

「江口の奴、阿部純子の死体を埋めた場所を教えるヒントを、どっかに残したって言ったよな？」

「うん。言うた。……けど、どこやろう、それって」

筧は途方に暮れた顔をした。と、彼の腰のスマートホンが、『太陽にほえろ！』の相変わらずの着信音を響かせる。筧は慌ててスマートホンを耳に当てた。

「もしもし、筧です。……あ、はい。ええ。わかりました。ほな、はい」

手短に通話を終わらせた筧に、ミチルは訊ねた。

「T署からの電話？」

「はい。係長からでした」

「今、警察の人たちはどうしてるの？」

「兵庫県警と一緒に、江口智明宅に捜索に入ってます。みんな、混乱してるみたいです」

「混乱……しないほうがどうかしてるわ。あんなに突然、参考人が何もかもをペラペラ自供して、勝手に死んじゃうんだもの」

「ですよね」

筧は、太い眉を顰め、がっしりした手の指を組み合わせ、その上にやや長い顎を置いた。

「証拠が一つも挙がらんうちに自供ばっかしあんなにつらつら出てくる事件なんて、そうそうあるもんやないです。……なんや、映画を先に見せられて、それに使ってた小道具を捜して持ってこい、て言われてるような感じですわ」

珍しく詩的な表現をして、筧はミチルと伊月を順番に見た。

「今、江口智明の部屋で、阿部純子、里中涼子の殺しの証拠品を掘ってるんですけど、それも捜す必要がないくらい、綺麗にまとまっとったらしいですわ。箪笥の引き出しの中に、血の付いたワイシャツと黄色いスカーフが、きちんと畳んで入っとったそうです」

「……つまり、純子の血に汚れたシャツと、涼子の首絞めたスカーフってわけか。ご丁寧だな」

「うん。せやけど、まだ、江口の言うてた『ヒント』はわからんて、そう言うてました。本店から専門の人間が来て、パソコンも調べてるらしいんですけど、まだ手がかりはないらしいです。……で、僕、署に戻れと言われましたんで、これで失礼します」

筧は立ち上がり、二人に頭を下げた。

「お疲れさま」

「またな」

ミチルと伊月に労《ねぎら》われ、筧は法医学教室を後にした。ところが、運転していた自動車がT署に到着するや否や、またスマートホンが鳴り響いた。

筧は慌てて車を停め、通話ボタンを押した。聞こえてきたのは、伊月の声である。

「た、タカちゃん？　どうかしたん？」

『今、ミチルさんと喋ってて思ったんだけどよ。江口の持ってきたカバンとかって、まだそっちか？』

「あ、うん。たぶんそうやと思うけど……ちょっと待ってや」

筧は、スマートホンを耳に当てたまま、署内に入り、階段を駆け上がった。刑事課の部屋に飛び込む。

「おう、筧。ご苦労さん。……電話中か？」

居残りをしていた刑事が、疲労しきった顔で書類を書いていた。あの、取調室で江口の相手をしていた人物である。

筧は頷いて、訊ねた。

「お疲れさまです。……あの、江口の所持品とかって、まだここにあるんですかね？」

「おう。取調室にまだ置きっぱなしや。……おい、これ調書どうやってまとめたらええんやろな。お手上げやぞ俺」

刑事は、情けなく眉尻を下げてぼやく。筧は、目で同情を示しつつ、取調室へと向かった。

「まだこっちにあるて、タカちゃん。それがどうかしたん？」

『うん。鞄、開けてみろよ。もしかして、モバイルPCが入ってねえか？』

「モバイルPC？　えっと……」

取調室の片隅に、江口の持ってきたらしい肩掛け鞄が置かれていた。筧は、それをガサガサと開いてみた。

文房具、時刻表、財布といったこまごましたものと一緒に、小さなノートパソコンが出てくる。

「あ、あるある。あったで」

『やっぱりな。なあ、それ持って、もういっぺんこっちに来られねえか？　もしかしたら、そこにヒントがあるんじゃねえかと思うんだ』

篁はちょっと考えた。勝手に証拠品を持ち出すことが許されるとはとても思えない。だが……今のこの混乱状態なら、ほんの短い時間であれば、何とかなるだろう。

「何か知らんけど、ちょっとの間だけやったら」

『よし。ほんじゃ待ってるからな』

素っ気ないほど唐突に、通話は切れた。篁は、そのノートパソコンを抱え、取調室を走り出たのだった。

法医学教室にとんぼ返りした篁は、息を弾ませながら、ノートパソコンをテーブルの上に置いた。

「あったで。モバイル、もといノートパソコン」

「おう。ミチルさんと言ってたんだ。ネットやってる人間だから、モバイル持ってるかもしれねえよなって。江口智明と阿部純子と里中涼子を繋いでるのって、元はと言えばインターネット……パソコンだろ？　ヒントを残すのに、これ以上ふさわしい場所はないんじゃねえかなって思って」

「なるほどなあ」

筧は感心したように頷き、手袋と共に、パソコンを伊月のほうへ押しやった。

「立ち上げてもいいか？」

「うん。手袋はめてな」

伊月は、小さくて軽いノートパソコンのスイッチを入れた。ウインドウズの起動画面が出たあと、処理音がウイイイイイン……と響き……。

「あ、畜生」

「あらら」

画面を覗き込んでいた伊月とミチルの口から、失望の声が漏れた。

画面には、「パスワードを入力してください」というメッセージが表示され、そこから先に起動が進まない。

「パスワード……パスワード？　それがヒントに辿り着く条件？」

「パスワード……俺たちの知ってる言葉だよな、きっと。……何だ？　ええいくそ、適当に片っ端から行くぞ。何か言え、筧。ミチルさんも」

　そんなん言われても……とぼやきつつ、筧はとりあえず、三人の名前はどうかと提案してみた。伊月は、さっそく、カタカタとキーを叩く。

「風太……アヒル……ずんこ……違うな。じゃあ、本名か。名字と名前と分けて……駄目か。じゃあ、今度は続けて……」

　伊月はほとんどヤケクソの勢いで、三人の名前をさまざまな組み合わせで入力してみた。だが、ことごとく「パスワードが違います」と言われ、起動を拒否されてしまう。

　じっと見守っていたミチルは、ボソリと言った。

「なんだか、江口智明って、凄く理路整然とした人だったでしょう。そんな、あんまり綺麗じゃないパスワードを要求したりしないんじゃないかしら」

「……っていうと？」

「もっと捻ってあって、でも結局はシンプルなパスワードを設定したような気がする。だから、このパソコンだけじゃなくて……他のところにヒントがあるんじゃないかな……」

「他のところにヒント？」

　ミチルは、こめかみに手を当てて俯く。

「私たちが知ってて、まだ使ってない情報。何かあるはずよ」

「俺たちが知ってて……」

「まだ使ってへん情報……ですか」

三人はしばらくじっと考え込む。重苦しい沈黙が落ちた。

「あっ！」

いきなり大声を上げたのは、伊月だった。

「あったじゃないですか、シンプルな謎掛け！」

「って、どれのこと？」

「『アヒルの足は、赤いか黄色いか？』ですよ！」

「ああ！」

「……なんですか、それ」

ミチルは納得の声を上げたが、筧はキョトンとしている。

「ごめん、筧君。説明してあげる余裕はないわ。後でね。もしそれがパスワードを示してるなら……」

ミチルは興奮した様子で、伊月のほうへ身を乗り出した。伊月も、さっそく入力を開始した。

「『赤』……違うな。『黄色』これも違う」

「英語にしてみれば？」

「レッド……イエロー……駄目か。ローマ字綴りにしてみようかな。……違うか。くそ、これも違うのか？　これだと思ったんだけどな」

苛立った伊月は、指先で机を叩く。ミチルも深い溜め息をついた。

「駄目かあ……お手上げね。それとも、もっと他の答えがあるのかしら」

また、空気が澱み始める。と、ひとり何もわからない状態の筧が、おずおずと声を掛けた。

「あのう」

「何だよ？」

伊月の声は刺々しい。筧は、広い肩を小さく窄め、伊月とミチルの表情を窺いつつ、問いかけた。

「僕、何やようわかりませんけど、とにかくその『アヒルの足は、赤いか黄色いか？』の答えがわかったらええんですか？」

「ええ。わかったら、それがパスワードになるんじゃないかと思ったんだけど……。どっちを答えても駄目なんじゃや、当てが外れたみたい」

ミチルが力無く答える。だが筧は、ボソボソと低い声で言葉を継いだ。

「あのう……赤でも黄色でもない答えが出たら、アカンのでしょうか」

「どういう意味だよ」

伊月がけんか腰に訊く。筧は、遠慮がちに言った。

「タカちゃん、僕らの小学校で飼うとったアヒル……覚えてへん？」

「そんなのいちいち覚えてねえよ」

「アヒルの足は赤でも黄色でもあらへんで。オレンジ色やねん」

「！」

「そっか！」

伊月は猛烈な勢いで、再び画面に向かった。

「オレンジ！　オ・レ・ン・ジ。駄目だ。いや、待てよ。O・R・A・N・G・E
……どうだ……いやったあ！」

伊月は椅子を蹴り倒して飛び上がる。キルキル……と微かな音を立てて、パソコンは起動を続行し始めた。

「そうか、アヒルの足はオレンジ色か！」

「なるほどね。……心理トリックだわ。赤か黄色かと二択で問われれば、そのどちらかが答えだと思ってしまう。なかなか、第三の答えがあるとは考えないわ。やったわね、篁君」

「はあ。僕頭悪いですから、あんまり考えへんたちですし」

篁は、照れ臭そうに頭を掻いて笑った。

「……ミチルさん、篁。出た」

自動的にプログラムが立ち上がるように仕組んであったのだろう。小さな画面が深紅に染まり、そこにゴシック体の文字が現れた。

「『よくできました』って、ふざけんなコラ」

伊月は乱暴に、エンターキーを押す。画面には、次のメッセージが表示された。

「『ずんこの死体は、T市N町の墓地裏山に埋めました。場所は、地道に探しましょう』……おい、篁。このN町墓地裏山って……俺たちが行った、あそこじゃないのか？　俺たちが変な音聞いた、あの小屋の裏山」

「……そうやな」

「いったい、どこまで気持ち悪く何もかもが絡まってくんだ……？」

伊月は、さっきまでの興奮が音を立てて醒めていくのを感じていた……。

六章　一度だけ現れて

っていた。

「また来る羽目になったか」

夜の涼しい空気を吸い込み、伊月は呟いた。

N町の山中にある墓地。昨夜、伊月と筧が二人で訪れたこの場所に、今、三人は立っていた。

目の前には、池村管理人の小屋。

「爺さん、もう寝てるだろうな」

「たぶん。もう十時やし。年寄りは早う寝るもんな。灯り消えとるわ」

筧はそう言って、伊月とミチルを見た。その目には、困惑の色があった。

「せやけど、ホンマに僕らだけで来てしもて、よかったんでしょうか。今からでも、係長に連絡したほうが……」

「だって、中村さんは今、K市でしょう？　それに今度ばかりは私、自分の手で見つけてやりたいの、阿部純子の遺体を。私たちは、江口智明のヒントを見つけて、ここまで来た。……だけど、ここに来た理由は、それだけじゃない」

「俺たちが『呼ばれた』からですね、阿部純子に。彼女のサインを受け取ったから」

ミチルは頷いた。そして、充血した目で筧を見て言った。

「嫌ならいい。私たち二人で捜すわ。筧君は帰って」

「そうはいきません！」

筧は、浅黒い顔を引き締めた。

「僕かて、『当事者』です。たよりない新米刑事やけど、僕かて、事件を解決したい気持ちは、誰にも負けてへんつもりです」

「じゃあ、行く？」

「はいっ」

「行きますか。傷だらけになりますよ、ミチルさん。すげえ茂みだから」

三人は、管理人小屋の後ろから、裏山へ分け入った。今回は、シャベルと懐中電灯持参である。

伊月の予告どおり、茂みを掻き分けて歩くうちに、ミチルのパンツは汚れ、木の枝や草の棘に引っかかれて、腕は傷だらけになった。筧が先に歩き、道を拓《ひら》いてくれているので、少しはマシだったのだが。

しばらく斜面を登ると、灌木《かんぼく》が減り、昔植林されたらしい杉が、雑木に混じり始めた。この山はおそらく、見捨てられた杉林の一つなのだろう。

三人は、足元を懐中電灯で照らしながら、山の中を歩き回った。どこかの木の幹に、風太のヒントが見つからないかと、目を皿にして捜した。しかし、それはいたずらに三人を疲労させるだけだった。

ついに伊月は足を止め、ぼやいた。

「確かに、T市内で死体を埋めるなら、この辺は穴場かもしれねえけど、裏山つっても、滅茶苦茶広いぜ。山じゅう闇雲に掘って、穴だらけにするわけにはいかねえだろ」

「そうね……。でも斜面はきつくないから、草が茂ってない冬場なら、遺体を背負って山に入るのは不可能じゃないってことはわかったわ。だけど、それ以上は何もわからない」

ミチルはそう言って、荒い息を吐きながら、周囲を懐中電灯で照らしてみた。

「悔しいけど、私たちではここまでなのかしら」

「この山のどこかに、阿部純子の死体が埋まってんだ。どこかの木の下に」

伊月は、ミチルの懐中電灯の光を目で追う。筧は、嘆息して言った。

「これ以上、無駄に歩き回ってもアカンと思います。明日、明るくなってから、警察で捜索するんがいちばんええと……」

「畜生、俺たちにここまで来させておいて、あっさり放り出すのか？　俺たちを呼んだなら、責任取りやがれこの野郎！」

山中に、伊月の声が響き渡った。背後の木の幹をドンと殴りつけ、伊月は叫んだ。

「聞いてんのか、阿部純子！　何が『ずんこ』だ、ふざけたハンドルネームつけやがって。こんなに気持ち悪いままで帰れっか！　姿見せやがれ！」

木立の間で、伊月の声があちこちで跳ね返り、奇妙な共鳴が生まれる。

「た、タカちゃん」

筧が伊月を宥めようと手を伸ばした、その時……。

ドン……ドン……！

「な、に……？」

伊月の声が消える寸前に、異様な音がミチルの脳に響いた。

伊月と筧は、驚愕の表情になる。

「か……筧っ」

そばに寄ってきた筧のネクタイをわしづかみにして、伊月は声を震わせた。筧も、警戒の視線を周囲に走らせる。

「この音……昨日聞いた、あの不思議な音や。昨日、この裏山から響いてきた……」

「……この、音が……？」

ミチルは、音の出所を捜そうと、じっと耳を澄ませた。伊月が言っていたとおり、耳ではなく、直接脳で聞くような、不思議な音。……しかもそれは、決して不快ではなかった。どちらかと言えば懐かしいような、規則的な音。何故か、聞いているうちに、自分の身体が空気に溶け込んでいくような、何か温かなものに包まれていくような、不思議な感覚。

ミチルは目を閉じてみた。聞き覚えがある……確かに記憶に残っているその音に、ただ全神経を集中させる。

やがて目を開いた彼女は、呟いた。

「心音」

「……あ！」

伊月はポンと手を打った。

「何か聞き覚えがあると思った。でも、普通の心音とはちょっと……違うかな」

「……ん……」

ミチルは何か言いかけ、口を噤んだ。ブルブルと首を振り、やや早口に言う。

「この音……。この音が阿部純子の呼び声なら……」

「呼び声、ですか？」

筧がミチルの手から懐中電灯を取り上げ、周囲を照らす。

「どこから聞こえてるんだろう。耳を澄ませてみて。この音を追いかけてみましょうよ」

「そう……っすね。ほかに手がかりねえし、この音気になるし」

伊月は、両手をパンと打ち合わせ、両手をジーンズのポケットに突っ込んだ。筧はただ、夢の中にいるような顔をして、じっと音に耳を傾けていた。

ざくり、ざくり……。

筧のシャベルが小気味いい音を立て、景気良く湿った土を撥ね上げる。

「ホントにここでいいんですかね？」

伊月の問いに、ミチルは曖昧に首を傾げた。

「そんなこと、私に訊かれたってわかんないわよ。だけど、少なくとも、三人揃って、この変な音はここから聞こえるような気がするんだもの。掘ってみるしかないじゃない」

「ま、そりゃそうですけど……。おい篁、いけそうか？」

自分は背後の木にもたれかかり、光に寄ってくる虫をバタバタと手で払いながら、伊月は鬱陶しげに声を掛けた。

例の音……ドン・ドン……という心音は、篁のシャベルが土を掘るたびに、少しずつ大きくなる気がした。どこからともなく蚊が集まってきて、あちこち刺されて痒くてたまらない。

「思ったより、土が軟らかいねん、ここ。木の根があんまり絡まってこおへんっちゅうか。もしかしたら、マジでいっぺん誰か掘り返したんかもしれへん……でっ」

篁は、土を掘る手を少しも休めず、息を弾ませて答えた。

「誰かが掘り返したって……おい」

伊月は夜目にも明らかに、顔を強張らせた。とにかく、昔から怖がりな伊月である。半ば無意識に、ミチルのほうへとにじり寄った。ごくり、と喉が鳴る。

伊月は思わず、傍らに立つミチルのシャツの裾を摑んでいた。とにかく、怖くなると、手近にあるものを摑みたくなるらしい。

「ちょっと。子供じゃないんだから、しっかりしなさいよ」

ミチルがキッと睨みつけてくる。しかし、その大きな目には、やはり緊張の色がある。

「だけどミチルさん。俺たち、もしかしたら、とんでもないもの掘り返してるかもしれないんですよ？」

「わかってるわよ。とんでもないものを掘り返すつもりで来たんだから。……っていうか、掘り返してんのは、あんたじゃなくて篁君じゃない」

「俺は、土掘りの仕事には向いてません」

伊月はいけしゃあしゃあと言って、黙々とシャベルで土を掘り返している篁の背中に声をかけた。

「おい、篁。何か出たか？」

「まだ、何も。タカちゃん、悪いけど、その懐中電灯で僕の手元、照らしてくれへんかな。地面に置いたままやと、穴がだんだん深うなりようから、光が届かへんねん」

嫌だ、と言いたかったが、ミチルにジロリと睨まれ、伊月はいやいや篁のそばに近寄った。

勤勉な篁は、短時間のうちに大きな穴を地面に空けていた。大きいだけでなく、かなり深い。これが伊月なら、まだ三十センチも掘り下げていなかっただろう。

「照らすぜー」

やる気なくそう言って、伊月は懐中電灯を動かし、穴のあちこちを照らしてみた。だが、まだ茶色い土が見えるばかりである。

「まだまだやな」

筧はいっそう力を入れて、土を振り飛ばす。頭からそれを被って、伊月は悲鳴を上げた。

「てめえ、俺に何の怨みがあるんだよッ」

「怨みなんかないて。堪忍。けど、このドンドン言う音が、はよ掘ってくれて言うてる気がするねん……」

筧は、汗びっしょりの額をシャツの袖でグイと拭き、またシャベルを地中深く突き刺した。ワイシャツの背中は、汗と跳ねた土で、ひどく汚れてしまっている。

「……あ」

「どうした？」

「何か、変な臭いしてきたような気がする」

筧は、ふと手を止め、背中を伸ばしてそんなことを言った。伊月も、穴から身を乗り出し、鼻をクンクンさせてウッと息を詰まらせる。

「くせ……」

「本当？」

ミチルも穴の縁に四つんばいになる。

「……腐敗臭だわ。筧君、この先は慎重に掘ってみて」

「わかりました」

筧は、少しシャベルの掘り下げを浅くして、黙々と穴掘りを続けた。

そして、数十分後……。

伊月の懐中電灯が、筧の足元に、何か茶色っぽい布のようなものを捉えた。

「筧、出た、出たぜ！」

興奮して身を乗り出した伊月は、うっと顔を顰めた。

「げ、さらに臭っ……。腐ってんな、すげえ」

「たぶんな」

筧は徐々に強くなる腐敗臭に顔を歪めつつも、その布を傷めないよう、注意深く、土を掘り進めていく。

ドン・ドン・ドン・ドン！

音は、脳が震えるほど大きくなっていた。それなのに、互いの声は別回線を通っているようにクリアに聞こえるのが奇妙だ。

「布の内側で何かが腐ってることは確かだけど、これが阿部純子の遺体かどうかはまだわからないわね」

「絶対そうですよ！　俺の勘がそう言ってます」

「伊月君の勘ねえ。頼りになるんだかならないんだか」

ミチルと伊月は、穴の縁にぺたりと座り込み、ただ筧の作業を見守っていた……。

「これが……？」

やがて現れたものに、三人は絶句した。

シーツか何かだろうか。大きな布にすっぽりとくるまれた、細長いもの。凄まじい腐臭が、鼻をついた。

照らしてみると、シーツの端から、頭毛の一部らしきものが、もう一方の端からはつま先の一部がはみ出している。白くふやけた爪が、ほとんど剝がれかかっていた。

「この布、剝がしたらまずいよな、な、筧」

伊月は、もはや腰が引けている。筧は、シャベルを杖のように地面につき、うーん、と頷いた。

「現場検証をやってまうまでは、触ったらアカンわ。……っちゅうか、ここまで勝手に掘り返した時点で、十分まずいねんけど」

「大丈夫よ。私と伊月君が掘り起こして、あなたを呼んだことにするから、篁君。あなたに処分なんか受けさせないわ」

ミチルはきっぱりとそう言って、スマートホンを取り出した。さすがに、こんな山中では、圏外表示になっている。彼女は小さく舌打ちして言った。

「伊月君、墓地の入り口に公衆電話あったでしょう。都筑先生に電話して。先生が、警察に連絡してくれるでしょうから」

「ええっ。お、俺、ひとりであそこまで行くんすかっ!?」

二人から三歩下がって立っていた伊月は、救いを求めるようにミチルと篁を見る。

だが、ミチルは冷ややかに言い放った。

「まさか、ひとりで墓地を通り抜けるのが怖いなんて、そんな小学生みたいなこと言わないでしょうね？」

「わかりましたよ。行きます。怖くなんかないっす！　俺だって、もういい年なんですからね」

意地っ張りな伊月は、ほとんど半泣きの表情で懐中電灯を抱え、駆けて行く。それを見送って、筧は闇の中で気の毒そうに嘆息した。

「タカちゃん、途中でチビらんかったらええなぁ。……せやけど先生。庇うてくれるんはありがたいですけど、先生に迷惑かかるんと違いますか？」

「大丈夫。クビにならない自信はあるから、心配しないで」

ミチルは唇の端でちらと笑い、そしてまた穴の底のシーツ包み……おそらくは死体に視線を戻した。闇に慣れた視界の中に、ぼんやりと浮かび上がる、その姿……。

「ねえ、筧君」

「はい？」

「あの音。……消えた」

「あ。ホンマや」

筧は、穴の中からぐるりと首を巡らせた。

シーツを掘り当てるまで、少しずつ少しずつ、大きく、速くなっていたあの「心音」は、今はすっかり聞こえなくなっていた。今はただ虫の音が、ミチルと筧を包んでいるだけだ。

「私たちが辿り着いたから。阿部純子に……だから」

「せやから、音が止まった……？」

「たぶん……ね」

二人は、常人なら逃げ出すほどの腐敗臭にまみれ、身体じゅう蚊に食われつつも、不思議な達成感を覚えていた……。


そして、二時間後。

K市からとんぼ返りで駆けつけた刑事課の面々により、遺体発見現場には、ブルーシートが張り巡らされた。

そして、その中には、忙しく立ち働く刑事たちや鑑識の人たちから少し離れて立つ、一群の人々がいた。

「まったく、思い切ったことをしてくれますなあ、先生がた」

「まったくや。ほっとったらロクなことせえへんな、君らは」

そう、それは、中村警部補と都筑教授にこってりと怒られている、ミチルと伊月、そして筧であった。

「すみません。私が伊月君と筧君を巻き込んでこんなことしちゃいました」

「いや、俺はべつに巻き込まれた訳じゃなくて」

「あの、僕もその」

「筧は関係ないっす！」

三人口々に言う謝罪やら何やらの言葉に、いつもは穏和な都筑教授も、さすがに渋い顔で言った。

「つまり、うちの若いもんが出過ぎた真似をして、筧君は刑事として、その尻ぬぐいをしてくれようとしたっちゅうことらしいわ、中村さん。筧君は、お咎めなしで頼むで。いちばんに駆けつけてくれたんやから」

「はあ。先生がそう言いはるんやったら」

中村警部補は、いかにも渋々、筧には何の叱責も加えないことを約束する。

「あ、あの、せやけど僕……痛っ」

罪の意識に耐えきれず、自分も最初から加担していたのだと告白しようとする筧の腕をつねり上げ、伊月は目で黙れと凄んだ。それ以上、ミチルと伊月の思いやりを無にする行為も出来ず、筧はシュンとして項垂れる。

「せやけどまた、何でこんなことしたんや。私有地を勝手に掘り返したんは、立派な犯罪行為やで？　警察に連絡して、朝まで待っとったらよかったんや」

都筑教授の叱責に、ミチルと伊月は体を小さくする。

ミチルは、彼女にしては破格の神妙さで、深く頭を下げて詫びた。

「本当に、今日のことは、全部私の責任です。興味本位で大それたことをして、申し訳ありませんでした」

中村警部補は、頭を下げたままのミチルのつむじをしばらく見つめた後で、特大の溜め息をついて言った。

「はあ。とりあえず明日にでも、三人まとめて話を聞かせてもらいますよ。どないしてこのホトケ見つけたんか、教えてもらわんことには」

「それでまた、わけわかんねえ調書が増えるだけだと思いますけどね」

伊月は、ふてくされたような顔つきで、ボソリと憎まれ口を叩いた。ミチルは慌てて、伊月の脇腹を肘で小突く。

それを黙殺して、中村警部補はゴホンと咳払いした。

「とにかく、説教はあらためて都筑教授から頂戴してください。私有地を掘り返した事実は、まあ、この際、非常時ですから、目をつぶりますわ。せやけど、本来のお仕事もしっかりやってもらわんと困りますで」

「……え？」

中村警部補は、厳しい顔で遺体のほうを見た。

「遺体の損壊が激しそうなんで、とりあえずあのままシーツを剝がさんと、解剖室に運びます。ここからが、先生方のホンマにすべきお仕事でしょう。……頼んます」

「……わかりました」

「俺、頑張ります！」

ミチルと伊月は、並んで中村警部補に頭を下げる。筧は申し訳なさそうに、都筑は苦笑いして、二人の姿をじっと見ていた。

そして、そんな彼らの横を、シーツにくるまれたままの遺体が、極楽袋に入れられ、担架に乗せられて運ばれていった……。


「さて、ほなやろか。今日は朝まで解剖やな」

解剖室の狭い前室で、解剖着に袖を通しながら、都筑はいつにも増してショボショボと眠そうな目を瞬いて言った。もう、日付はとっくに変わってしまっている。

「……先生。俺たち死ぬほど働きますから。よかったら、どっか座って監督してくださいよ」

珍しくしおらしい調子で伊月がそう言うと、都筑は頼もしいなあ、と言って、伊月の二の腕をポンと叩いた。

「そうやな。清田さんも森君もいてへんし、今回は僕がシュライバーしよか。立ち仕事は君ら若者に任せるわ。な、伏野先生」

「了解しました」

ターバンの紐をキュッと結んで、ミチルは引き締まった表情で頷いた。徹夜が二晩目に突入しているのだから、本来なら眠くてたまらないはずなのだが、蚊に食われた四肢が痒いうえに、変に気分が高ぶって、睡魔が近づく隙がないらしい。

解剖台の上には、未だシーツにくるまれた遺体が乗せられ、解剖室は人でいっぱいだった。なにしろ、大阪・兵庫両方の所轄の人間に加えて、鑑識と科捜研からも数名ずつ来ているのだ。狭い空間に、合わせて十人ほどがひしめくことになった。その中には、中村警部補と筧はもちろん、科捜研の山原主任と、研究員の藤谷綾郁の姿もあった。

「……よっ」

綾郁は、ミチルと目が合うと、小声で挨拶して片手を上げた。首からは、ポラロイドカメラをぶら下げている。

一同は、都筑が解剖室に入ってくると、いっせいに話をやめ、頭を下げた。

「先生、よろしゅうお願いします」

山原主任が、一同を代表してそう言う。都筑は、いつもよりほんの少しだけ厳かな声で、解剖開始を告げた。

「ほな、みんなで踏ん張ろか」

ギャラリーが多いということは、写真撮影に時間がかかるということだ。入れ替わり立ち替わり、シーツにくるまれたままの状態で撮影を済ませる。

ひととおり撮影が終わると、伊月とミチルは、遺体に巻き付いたシーツを、少しずつ剝がしていった。半周剝がしては撮影、また半周剝がしては撮影で、なかなか作業は進まない。ご丁寧に、遺体を包むシーツは二枚あった。

だが、一時間以上かけて、ようやく腐敗液が染み込んだ二枚目のシーツの中から、まずは頭部顔面が姿を現した。

一同は息を吞む。高度に腐敗した頭が、そこにあった。

肩までのまっすぐな髪は、軟部組織や腐敗液に汚れ、あちこちで脱落している。灰青色や赤褐色に変色した頭皮もところどころで剝離し、前頭部ではクリーム色の頭蓋骨が覗いていた。

顔面は、腐敗とシーツによる圧迫によって、生前の面影をほとんど留めていなかった。鼻はぺしゃりと押し潰され、瞼も唇も、腐敗融解現象で、異様にへしゃげた状態にある。

「……これじゃあ、とても」

ボソリと綾郁が呟いたように、死体の容貌から、これが阿部純子だと断定することは、とても不可能だった。それどころか、女だと言い切ることさえ、現時点では難しい。

ただ、土中に埋められていたため、思ったよりは腐敗進行が遅かったことと、シーツにくるまれていたおかげで昆虫の蚕食がなかったことが、遺体を比較的良好な状態に保っているようだった。

頭部顔面を一同が撮影するのを待って、ミチルと伊月は、身体に巻き付いたシーツの最後の部分をゆっくりと剝がしていった。胸部から上肢、そして腹部が、徐々に露になる。

ようやく、シーツが完全に取り除かれた瞬間……。

驚きの声が、解剖室に満ちた。

「……げげ」

伊月が、綺麗な顔を惜しげもなく歪める。ミチルはシーツの端を握り締めたまま、遺体の傍で立ち尽くした。

遺体は、腐敗液が染みて原色が判別しがたくなっていたが、確かに事務服らしきものを着ていた。シンプルなブラウスと膝までのプリーツスカート、そしてベスト。あの時ゲームセンターで倒れていた「阿部純子」が着ていたものと、おそらく同じデザインだろう。

だが、一同が凝視しているのは、その服でも、スカートから伸びた、ストッキングの残骸を纏った脚でも、筋肉が一部融解して、骨を露出している腕でもなかった。

一同の視線は、遺体の腹部に注がれていた。

遺体の着ているベストもシャツもスカートも、すべて胸部から腹部にかけ、無惨に裂けている。

「ひどい膨れ方だな。腐敗ガスがよっぽど溜まってんのかな」

伊月が、呆れたように呟いた。

「どう……かしら」

ミチルは、そう言って唇を噛んだ。遺体のみぞおちから下腹部にかけて……つまり腹部全体が、異様に大きく膨れ上がっているのだ。おそらく、その圧力に負けて、衣服は裂けてしまったのだろう。

ミチルは、都筑をチラリと見た。都筑が目で促したため、彼女ははち切れんばかりに膨れた、褐色に変化した遺体の腹部に触れた。

「……！」

両手で、腹部に柔らかく触れたミチルの手が、反射的に跳ね上がった。

「……ど、どうなのよ？」

綾郁が問いかける。だが、ミチルは強張った顔でかぶりを振った。

「……とにかく。順番どおりに進めましょう。焦るといけないかも……しれない」

(ミチルさんが、怯えてる？)

伊月は信じられない思いで、ミチルの横顔を見た。彼女の握り締めた両手が、細かく震えている。その手は、おそらく腐敗した皮膚の下に、何か想像を超えたものを感じてしまったのだ。

(いったい……何があるんだ、腹の中に)

だがミチルは、キッと顔を上げ、声を張り上げた。

「写真、お願いします！」

その凛とした声が、解剖室の空気を再び生き返らせた。一同は、それぞれの責務を果たすべく、行動を開始する。

伊月は、写真撮影の間に、メスに刃を付けた。

定位置である流しでザブザブとタオルを洗いながら筧が「大丈夫か？」と言いたげな視線を投げてくる。伊月は頷き、唇の端だけでチラリと笑ってみせた。

各所で写真を撮りながら、そして周囲からの視線を背中に感じながら、ミチルと伊月は死体の検案に取りかかった。

腐敗臭を少しでも軽減するため、換気装置が全力で回っている。おかげで、クーラーがほとんど役に立たず、解剖室の中は、うだるような暑さであった。

胸を流れる汗は服に染みるからいいが、額を流れる汗は、眉を乗り越え、目に染みて痛い。

(これが病院ドラマだったら、高畑淳子演じる看護師長が、汗を拭いてくれるんだろうけどなあ)

しかしこの場にいるのはむさ苦しい警察官ばかりなので、伊月は自分の術衣の肩に顔を押しつけ、汗を吸い取らせた。

死体の腐敗が進んでいるので、外表所見といっても、あまり細かいデータは取れない。それでも、遺体を横向きにしたとき、後頭部にある大きな損傷は、嫌でも目に付いた。

「都筑先生」

「何や？」

都筑は席を立ち、部下二人の許へ行った。その後に、まるで金魚の糞のように、中村警部補と山原主任が続く。

「かなり腐敗が進んでますけど……。この後頭部の損傷。さっきお渡ししたメモ、見せていただけますか？」

「ああ、これな。ちょー待ちや」

都筑はワイシャツの胸ポケットを探り、解剖前にミチルに預けられていた手帳の切れ端をガサガサと広げた。

「下手くそやな君……」

都筑は呆れ果てたように、細い目をさらに細める。それは、いちばん最初にゲームセンターで純子の死体を見たとき、ミチルが手早く描いたスケッチだった。

「下手でもいいんですッ。そこに損傷箇所のスケッチもありますから、照合してください。写真がなくても、ポイントは押さえてありますから大丈夫なはずです」

ムッとした口調でミチルに言われ、都筑は「はいはい」と紙片を損傷部の近くにかざした。伊月は、短い口笛を吹く。

「ぴったし」

「ホンマや……」

さっきまでタオルを洗っていた筧も、控えめにやって来て、遺体の後頭部を見る。

腐敗してはいるが、大まかな挫創のラインは、ミチルのスケッチによく合致していた。

ミチルはテキパキと頭部の所見を言ってしまうと、顔面、そして歯牙の検案にとりかかった。シーツで保護されていたために、遺体の歯牙はすべて綺麗に保たれている。伊月は、腐敗して簡単に動く顎関節を大きく開き、腐敗した軟部組織で汚れた歯牙を、歯ブラシで一本ずつ綺麗に磨いた。

中村警部補は、都筑教授の筆記席の上に、阿部純子がかかりつけだった歯科医院で借りてきた、彼女のカルテと歯牙のレントゲン写真を置く。

伊月が「歯磨き」を終えたあと、ミチルは歯牙の形状、そして治療痕について、一本ずつ丁寧に所見を述べた。阿部純子はあまり歯がよくなかったらしく、第二大臼歯《きゅうし》はすべてインレイ処置がしてあった。そして、上顎の親不知《おやしらず》は生えておらず、下顎の親不知が横向きに萌出《ほうしゅつ》しているという、特徴的な歯並びを持っていた。

「よっしゃ。……遺体の歯牙所見が、がっちりこの歯科カルテに合うてるわ。レントゲンは、後で歯科鑑識に一応確認してもろたほうがええけど、これは、同一人物と見てええな」

都筑は、何度も所見用紙とカルテを見比べ、そう結論づけた。

「一致ですね！」

「阿部純子の死体発見！」

皆、てんでにスマートホンを取り出し、解剖室の外へ出ていく。それぞれの職場に報告をするのだろう。

一時的に人口密度の低くなった解剖室で、ミチルと伊月は残りの外表所見を手早く済ませた。

そして、いよいよ二人は、阿部純子と確認されたその遺体に、メスを入れることとなった。

「……では」

ミチルがいつものように、メスを両手で捧げ持ち、遺体に頭を下げる。伊月もそれに倣った。

だが。普段なら、頭を上げるなり切開を始めるミチルの手が、何故か動かなかった。

「ミチルさ……じゃねえ、伏野先生。俺、切っていいんですか？」

伊月は小声で訊ねる。ミチルはハッとし、次にどこか安堵した表情で頷いた。

「う、うん。……腐敗が進んでるから、切りすぎないように気をつけて」

決して、勉強のために伊月に機会を譲ったわけではないらしかった。異様に何かを躊躇しているらしいミチルの様子を気にしながらも、伊月はメスを握った。

表皮が腐敗のため剝離してぬめる皮膚を、オトガイから頸部、胸部正中《きょうぶせいちゅう》……とまっすぐ切り込んでいく。切開部から、ヌルヌルした黄色い液状の脂肪が零れた。

「く……切りにくいなあ……」

盛り上がった腹部は、特に注意して切開しないと、腹膜に穴を空けたら、腐敗ガスを顔面に吹きつけられる羽目になる。臍をよけて、伊月はゆっくり慎重に、切開を進めた。

「皮下脂肪、腐敗融解……」

ミチルが所見を言う。ほい、と都筑がペンを走らせた。

ミチルと伊月は、無言のまま、しかし上手く場所をずらして、半身ずつ皮膚を剝離していく。

腹部の皮膚を剝離するとき、ミチルがどこか苦しげな顔をしていることに、すぐ傍でタオルを洗っていた筧は気づいた。しかし、その理由は彼にはわからなかった。

「胸部腹部、皮下損傷なし。腹部は高度に膨隆。胸部筋肉の発育は常、色は腐敗により淡褐色……。肋骨骨折なし」

皮下の所見を言い終わり、大胸筋、小胸筋を除去し、そしていよいよ腹部を切開……という段になり、ギャラリーは一斉に後退した。みな、腐敗ガスの噴射を警戒しているのだ。

「おい筧、タオルくれ」

伊月は筧からタオルを受け取り、これから切開しようとする箇所を押さえた。こうしておけば、ガスの直撃をくらうことはないと彼に教えたのは、ミチルである。だが彼女は、大きな目を眇めて、じっと伊月を見ていた。

「何すか？　開けてもいいんですね？」

「……うん。……ごめんね」

「？」

ミチルが何を謝っているのかわからぬままに、伊月は思いきって、腹膜を突き破り、腹腔に到達するよう、メスを腹部中央に突き刺した。

だが、予想していた腐敗ガスの大噴射はなかった。腹部は、空気穴を空けても、少しもしぼまなかった。やっぱり、とミチルが小声で言った。そして、首を捻る伊月をよそに、強張った顔で、切開を上下に広げた。

「……な……なんだこれ」

腹膜を切開し、露になったものに、一同がざわめいた。都筑も、思わず腰を浮かせる。

「心音……」

ミチルがポツリと呟く。伊月は耳を疑った。

「ミチルさん？　……心音って……さっき山で聞いた？」

「そう、あの心音。普通と違うって、伊月君言ったでしょう。音も違うけど、すごく速い脈だったでしょ……」

ミチルは額が当たるほど顔を近づけ、伊月と筧にしか聞こえない声で囁いた。

「あれは、胎児心音よ」

筧は、黙って目を見張る。伊月は、踏みつけられたカエルのような声をあげた。

「私たちを呼んでいたのは、阿部純子だけじゃない。……この中にいる誰かかも」

伊月は、ようやくミチルの抱いている恐怖が何かを悟った。

阿部純子の腹部の大部分を占め、大きく盛り上がったそれは……子宮、であった。

数人の刑事が、口を押さえて解剖室を出ていく。他の人々も皆、信じられないものを見せられ、言葉もなかった。

「……見て」

ミチルは、血の気のない唇を引き結び、両手で腹部を大きく押し開いた。

伊月が、まばたきも忘れたようにそれを凝視しながら頷く。

「ほかの臓器はみんな腐敗してグズグズになってんのに……子宮だけが……。何でこだけが、まるで死んだばっかりみたいに……」

「ううん、生きてるみたいに、よ」

ミチルは白い顔で都筑を振り向いた。

「先生？」

「な……何や」

都筑も、魂を抜かれたような顔つきで答える。ミチルは、静かな口調で訊いた。

「開けます、か？」

不思議と、恐怖の正体を見極めてしまうと、ミチルの気持ちは落ち着きを取り戻していた。真実を最後まで見よう、それがどんなに理不尽で不可思議でも受け止めようと、彼女は心を決めた。

都筑はゴクリと生唾を飲み、そして言った。

「開けよう。気をつけて……な」

ミチルは頷くと、メスを持ち直した。いくら恐れは消えたとはいえ、白く膨れあがった子宮にメスを入れようとすると、手が震える。不透明な膜の中に守られているもののことを思うと、手が凍りついた。

皆、固唾を呑んで、ミチルの手元を見守っている。

「……行きます」

ミチルは誰にともなくそう言い、思い切って、はち切れそうな子宮外膜にメスを当てた。力の入らない左手の上に右手を重ね、重みを掛けて刃を吸い込ませる。

透明な液体が溢れ、ミチルの指先を濡らす。ふぁ、と悲鳴とも吐息ともつかない、奇妙な音が、ミチルの唇から漏れた。

皆が凝視する中、ミチルのメスがゆっくりと上下方向に子宮を切開していく。丈夫な膜は、まるで熟れた果実の皮を剝くように、緩やかに、しかしスムーズに、左右へ開く。

想像してはいたが、決して見たくなかったものが、そこにはあった。

ラードのような胎脂が付着した、赤みの濃い皮膚。小さな丸まった背中。折り曲げた細い四肢。握り締めた両の拳。濡れた柔らかそうな茶色っぽい頭毛。

それは、まさしく胎児であった。しかも、大きさから言って、もはやいつ生まれても不思議ではない成熟した状態である。

ミチルの立ち位置からは、胎児の顔は見えなかった。彼女はただ放心したように、小さな背中の真ん中にこつんこつんと盛り上がった椎骨を見ていた。

「く……腐ってへん……」

筧の掠れた声が、皆の驚きを代弁していた。

「…………」

ミチルが、胎児を子宮から取り上げようと手を伸ばしたその時……。

突然、微かに、胎児が動いた。

ミチルの背後で、ある者は尻餅をつき、ある者は解剖室から逃げ出していく。

ミチルは、ただ伸びていく胎児の背中を凝視していた。都筑が、『ああ』と溜め息のような声を漏らすのが聞こえた。

そして……。伊月は見た。

胎児の目が、ぽかんと開くのを。

濡れたように光る黒い瞳が、伊月をじっと見る。胸を万力《まんりき》で締め付けられたように、息が吸い込めなかった。視線を逸らしたいのに、瞬きすらできなかった。薄く開いた唇の奥で、舌は金棒のようにカチカチに乾いていた。

胎児は両手を小さく振った。今まさに……。七ヵ月前に死んだはずの女の死体から、胎児は生まれ出ようとしていた。

だが……。

産声を上げようとして、胎児が大きく身体を震わせた瞬間。

赤ん坊の動きが突然止まった。伊月の視界の中で、手を伸ばせば触れられるところで、胎児の黒く透き通った瞳が、みるみる濁っていく。瑞々《みずみず》しい眼球がみるみるしぼみ、どろりと眼窩《がんか》からとろけ出た。

それと同時に、握り締めた手が、はち切れそうな胴体が、ぬめりを帯び、赤褐色から緑褐色に変化し、やがてグズグズと崩れていく。

やがて、重い頭が、熟れた林檎が木から落ちるように首から外れ、子宮壁からズルリとすべり、解剖台から伊月の足元に落下した。

柔らかい頭蓋骨が床に叩きつけられる鈍い音が聞こえると同時に、腐敗した軟部組織と脳漿が、伊月の顔に飛び散る。

「う……うわああああ――――ッ!!」

呪縛が解けたように、伊月の口から絶叫が迸《ほとばし》った。膝が床についた感触を感じる間もなく、伊月はそのまま意識を失っていた……。

＊　＊

「……ん……」

白い天井が見えた。頭上の蛍光灯が眩しくて、伊月は片手で目元を覆う。と、肌に染みついた腐敗臭が鼻をついて、彼は込み上げる吐き気に背中を丸めた。

「大丈夫？」

傍らから、ミチルの低い声が聞こえる。

「……じゃ、ないっす」

かろうじてそれだけ答えて、伊月は胎児のように痩躯を縮め、目を細めて周囲を見回した。

「ここ、セミナー室……？」

伊月は、セミナー室のテーブルを端に寄せたスペースで、椅子をいくつか繋げた上に寝かされていた。

「そうよ。ほかに寝かせてあげられるところがなかったから。タオルも手頃なのがないのよね」

そう言いながら、ミチルは伊月の額に濡らしたガーゼをぺたりと載せた。

「覚えてる？　解剖室でぶっ倒れたのよ。筧君に、ここまで運んでもらったの」

「…………」

伊月は、思わず両手で顔を覆ってしまう。至近距離で自分を見ていた胎児の瞳が、目を閉じても闇の中から迫ってくるようで、伊月は身体を震わせた。呼吸が乱れて、嗚咽のような声が漏れた。

「……ご遺体は、さっき警察が引き取っていったわ。警察の人も、みんな帰った。筧君も心配してたけど、仕事があるから、泣きそうな顔で帰ってった。……解剖、終わったの」

ミチルは、床にぺたりと座り込み、伊月の長い髪を優しく撫でて言った。

「検案書はね、都筑先生が書いたのよ」

「……どういうふうに……？」

伊月は顔を覆ったまま、嗄れた声で訊ねた。

「死因は……高度腐敗のため不詳。他に書きようもないわ。頭部損傷も、あれだけじや死に至る損傷とは断言できないし、脳は融解して所見が取れなかった。かろうじて、阿部純子と断定して検案書を書けただけでもよかったかもね」

ミチルは平静な口調で言ったが、わざと胎児について語ることを避けているのは、伊月にもわかった。

伊月はそろそろと手をどけ、ミチルを見た。彼女は、江口の血で褐色に染まった白いシャツを着ていた。

「ミチルさん」

「何？」

「あの赤ん坊は……？」

ミチルは唇を噛み、しかし小さく肩を竦めて言った。

「検案書には、何も。だって、何て書けっての？　高度腐敗死体が胎児を土の中でずっと育てていて、しかも生きて出てきたそれが、目の前で見る間に腐りましたって？」

「……じゃあ……あの子は……？」

「ご遺体のお腹に戻して、縫合した。お母さんと一緒に、茶毘《だび》に付されることになるわ。伊月君」

「あの子は、記録の上では、産まれなかった子。……そういうことなんですね」

「そうよ」

ミチルは小さな声でそう言って、苦く笑った。

「忘れろとはとても言えないけど。……可哀相に。いちばん怖がりの伊月君が、いちばん怖いもの見ちゃったわね」

「ホントですよ」

伊月は、鳩尾《みぞおち》あたりに居座ってなかなか去らない吐き気を堪え、唇を歪めて笑みを返した。

「……ねえ、ミチルさん」

「何？」

ミチルは、もぞもぞと膝を抱えて体育座りになる。

「でも、どうしてあんなことに？　江口が言ってたことが正しいってわけですかね。阿部純子の魂は死んでなかったたって」

ミチルは素っ気なく答えた。

「わかんないわ。私は超常現象マニアじゃないもの」

「阿部純子が……母親が、子供を産みたかったのかな。それとも……あの子供が生まれたかったのかな」

　答えが出ないのがわかっていて、伊月は独り言のように問いかけた。

「返事、期待してないわよね？」

「してないっす……。だけど、あの子は生きてた。人間だった。確かに俺を見たんですよ。なんだか不思議なものでも見るように」

　伊月はそう言って、遠い目をした。ミチルは、そんな伊月にこう言った。

「都筑先生、今警察に行ってるけど……。さっき、『壺中《こちゅう》の天《てん》やな』って言ってた」

「こちゅうのてん？」

「俗界と切り離された別天地のことですって。赤ん坊にとって、命を受けたお母さんの子宮の中は、きっと壺の中の小さな宇宙みたいなものなのよね。温かくて柔らかくて、優しくて……包まれて、守られていて」

　ミチルは悲しげに微笑した。

「この世に生まれたくない子供なんていないと思うの。両親である江口智明と阿部純子が、子供をほしがろうと堕ろしたがろうと、赤ちゃんはきっと生まれたかった。だから」

「だから……母親の巻き添えを食って死ぬことを望まなかった赤ん坊は、自分の小さな宇宙の中で……子宮の中で生き続けた？」

「あの墓地で私たちが聞いた心音……あれは、あの赤ん坊が外の世界に生まれたいって、私たちを呼んでたんじゃないかしら。そんな気がする。そして、江口智明の見解とは違うかもしれないけど……。阿部純子の幻もまた、私たちにあの赤ん坊を助けてくれって訴えに現れたんじゃないかな。それが彼女の『おねがい』だったのかも」

伊月は、少しぼーっとした目で、ミチルを見ている。

「おめでたい発想かもしれないけど……母親と子供の絆ってそういうものなんだって、そう思いたいの。赤ん坊の生まれたいって想いに、母親の阿部純子の魂がこの世に留まって応えたんだって」

「壺中の天、かあ……」

「うん」

二人はそれきり黙り込んだ。伊月は目を閉じ、ミチルは抱えた膝頭に顎を乗せる。

窓の向こうが、徐々に白みつつあった。

伊月は、ミチルの眠そうな横顔に、呼びかけた。

「ねえ、ミチルさん」

「何よ？」

「あの赤ん坊……。俺たちが取り上げたんですよね。あの子の魂がちゃんとこの世に生まれたからこそ、まやかしの身体がグズグズに崩れちまったんだ」

「そうね。……私たち、魂を帝王切開で取り上げたんだわ」

「凄いっすよね、俺たち。壺中の天から、ようこそこの世界へ、って感じ」

「ホントね」

二人は顔を見合わせ、小さく笑った。朝の光が、白いリボンのように、彼らの頭上に差した……。


そして、それから数日後……。

科捜研の綾郁から、やけに沈んだ声で電話がかかってきた。

「あのさあ。嫌な報告があるの」

開口一番そう言った綾郁に、受話器を耳に当てたミチルも、沈んだ声で答えた。

「私にも嫌な報告があるんだけど、まあいいわ。あんたのから聞く。何？」

綾郁は、淡々と告げた。

「例の極楽袋に入ってた土ね。あれ、阿部純子の死体が発見された穴の土壌と一致したわ」

「そっか……。うちもそっち関係よ。極楽袋から採取した毛髪。あれからＤＮＡを抽出したの。それから、ゲームセンターで採取した血痕からも。そして、歯科医院に残っていた阿部純子の歯牙からもＤＮＡを抜いたの。全部、血液型とＳＴＲ型が一致した」

「ふうん。どっちもいまさらな報告ね。聞くだけ嫌な感じの」

綾郁の愚痴に、ミチルも同意した。しかし綾郁は、もう一つだけ、と言った。

「こんなこといまさら言っても、それこそどうしようもないんだけど……。江口智明のこと。調べていくうちに、彼の子供時代のことがわかったの。彼、小さな頃に両親が離婚して、母親に育てられたのね。だけど、母親の新しい同棲相手の男性に虐待されて、何度も施設に保護されてるわ」

「……それで？」

「精神科のドクターの話では、そのせいで、家庭というものに非常な嫌悪感と恐怖感を持ってしまったんじゃないかって。交際している女性に妊娠についてほのめかされただけで、自分が家庭を持つ事に対する異常な恐怖に襲われ、内なる狂気が目覚めてしまったんじゃないかって。そういった経緯を知ると、あの男の調書を読んでいて、理解できるところがあるかなって思ったわ」

「そうね。ねえ、綾郁さん。本当に助けを求めてる人って、そういうふうには見えないとこが悲しいのかもね」

ミチルのいささかセンチメンタルなコメントに、綾郁は皮肉な口調で言った。

「そうね。お互いあまり元気に見せかけすぎず、せいぜい泣き言を言うことにしましょ。壊れる前に、上司がお休みをくれるように」

「……なるほど」

ミチルは笑って電話を切った。茶化しでもしないと皆やりきれない気分なのだ。何とかして、あの事件を自分の中で消化し、過去へと押しやってしまわなくてはならない。経験、カテゴライズ、整理整頓、忘却。その繰り返しが途絶えては、とてもこの仕事を続けてはいけない。

「みんな、今回はリハビリが大変だわ」

ミチルは呟いて、肩を大きく上下させた。未だ気が重いのは自分だけではないのだと知っただけで、少し気持ちが軽くなった気がした。

＊

＊

もう一度、現場に行ってみたいと言いだしたのは、ミチルと伊月、どちらが先だったか……。

その夜、二人は篁を誘い、再びN町の墓地裏山を訪れた。

「ここね……」

未だ地面に残った大きな穴の前に、三人は並んで立った。

あの夜、ここに横たわっていた、阿部純子の死体。

説明の付くことと、説明のつかないこと。

ゲームセンターで見た死体が消えてから、この数日間、まるで反物を織り上げるようにさまざまなことが起こり、それが交錯して、この時に辿り着いた。

篁は、持ってきた小さな花束を、穴に向かって投げた。伊月はポケットから煙草を取りだして、箱ごと放った。

「壺中の天、か。……それって、赤ん坊のことだけじゃなくて、江口智明と阿部純子と里中涼子にも、言えたのかもしれないわね」

ミチルの言葉に、伊月は細い眉を上げた。

「俗世間から切り離された別天地が、あの三人にも？」

ミチルは頷いて、夜空を仰いだ。

「風太、ずんこ、アヒルっていう仮の姿で、インターネットっていう架空の世界の中で『会って』いたときは幸せだったのよ、彼らは。だけど、その仮想の楽園を飛び出して、現実世界で互いに触れてしまったとき……もうそこは、彼らの楽園ではなくなっていた」

「壺中の天は消え失せた、ってわけですか」

ミチルは小さく頷いた。

二人の話を黙って聞いていた筧は、やはり何も言わず、穴の底に向かって、手を合わせた。二人も同じように、頭を垂れた。死んでしまった三人と、魂だけが生まれ出てしまった赤ん坊のために、ささやかな祈りを捧げる。

「……帰ろうぜ。なんだか寒いしよ」

やがて、伊月がそう言った。

「せやな。また池村さん起きてきたら、朝まで酒盛りになってまうし」

筧もしんみりと笑って、そう言った。老人も、もう「変な物音」に悩まされることなく、安らかな眠りを手に入れたことだろう。

三人は、斜面を降り、墓石の間を通って、入り口へと戻り始めた。すると……。

ニャアアアアア。

風に乗って微かに聞こえたその「声」に、伊月は文字どおり飛び上がった。

「うわああッ!」

思わず懐中電灯を放り投げ、傍らのミチルに抱きつく。

「ちょっと! 何すんのよっ」

うっかり微妙なあたりを触ってしまい、思いっきり突き飛ばされた伊月は、今度は反対側に立っていた筧にぶつかった。

「た、タカちゃん! もう、怖がりやなあ」

「だだだだって、心音の次は泣き声か? 冗談じゃねえぞっ」

そのままでは墓石に体当たりしそうだった伊月の身体を、筧は慌てて手を伸ばし、引き留めた。そして筧は、自分もびっくりしたようにどんぐり目を丸くし、周囲を見回した。

「せやけど、確かに今、何か聞こえましたね」

「うん。聞こえたような気がするわ。赤ん坊の泣き声みたいな……」

「や、やめてくださいよミチルさん! 筧もっ」

「だってほら。また聞こえてる」

ミチルは、唇に指を当て、あたりの様子を窺う。その顔は、もはや怒ってはいない。謎の声に集中している様子だ。

ヒャアア、ニャアァァァ……。

確かに、どこからか細い声が聞こえる。どうやら、伊月の空耳ではなかったらしい。

「ホンマや。まさか……」

まだどっかに赤ん坊埋まってるんやろか、と筧は真顔で呟く。

「ば、馬鹿言ってんじゃねえよ。そ、そりゃ水子の墓とかはいっぱいあるんだろうけどよ、ここ墓場だし……」

「でも、もしかしたら捨て子かもよ」

ミチルまで真剣な調子でそんなことを言う。

「そ……そりゃ……そうかもですけど」

ニャア、アァ……。

声は、今にも絶え入らんばかりの弱々しさで、しかし確かに彼らの耳に届く。

「ホンマに捨て子かも。それやったら、捜して保護せんと！」

筧は、警察官らしく、毅然とした口調でそう言った。

「そ、そんな。捨て子なんているもんか」

弱々しく伊月はツッコミを入れたが、筧はそんな伊月をキッと見据える。

「そんなんわからへんやんか！」

「そうね。それに、墓場に子供を捨てるっての、昔はよくあったそうよ。動物関係でもよくあるものね、動物霊園に捨てられた動物を、お参りに来た人たちが死んだペットの代わりに連れて帰るってパターン」

ミチルも真面目な顔でそんなことを言う。ここでひとり尻尾を巻いては、伊月は一生そのことで虐められ続けるだろう。

「う……」

恥も外聞もなく握り締めていた筧のシャツをそろそろと離すと、伊月は足元に落ちた懐中電灯をそっと拾い上げた。こわごわと、前方に向けてみる。

リボンのような頼りない光では、墓石のごく一部しか照らすことができない。

「これじゃ、埒があかないわね。筧君、懐中電灯持ってって」

「先生は？」

「私も、ペンライトは持ってるわ。じゃ、手分けして捜しましょう」

「ええええっ」

ミチルの提案に、伊月は情けない声をあげた。だが、筧は力強く頷いた。

「そうですね。ほな、あの墓地の入り口を待ち合わせ場所に。灯りが見えてるから、間違わへんでしょう。三十分後でどうですか？」

「いいわ。何か見つけたら、あとの二人を呼ぶこと。いいわね」

「俺はよくないっすよー！」

伊月の泣き言など気にも留めずに、二人は風に乗って聞こえる声を追い、暗い通路を足早に歩き出す。

「うわ、俺を置いていかないでくれよ。筧〜！　ミチルさーん！」

伊月も半泣きで歩き出した……と、数歩もいかないうちに、足元に何か生温かいものが絡みついた。

「うわっ！」

慌てて蹴りほどこうとすると、足首に激痛が走る。何か鋭いものが刺さっている感じだ。しかも、異様な音が、足元から聞こえる。

「ぎ……ギャアアアアアァァァッ！」

伊月は、今度こそ絶叫した。

「な……どうしたんやタカちゃんッ！」

「伊月君!?」

びっくりして、筧とミチルがほとんど同時に駆け戻ってくる。伊月は、地面に尻餅をつき、何かが絡んだ片足を死に物狂いで振り回しながら叫んだ。

「な、何かいるんだよっ！　何かに足食われたあッ!!」

「何やて！」

顔色を変え、伊月の足元を照らした筧は、しかし次の瞬間、

「……あ」

と馬鹿のようにポカンと口を開いたまま、硬直した。

「馬鹿野郎、何ぼーっと突っ立ってやがんだ、助けろ！　何とかしろよっ、何だよこれ」

「何って、タカちゃん」

泣いて暴れながら自分を罵倒する伊月を、筧は宇宙人でも見るような不思議そうな顔つきで見下ろし、ボソリと言った。

「タカちゃんを囓っててんの、猫やで」

同じくペンライトで伊月の足元を照らしつつ、ミチルも呆れ果てたように呟く。

「それも、とびきり小さい奴だわね」

「……え」

二人に冷静極まりない声で指摘され、さすがの伊月もようやく我に返って動きを止めた。両手を地面について上体を起こし、左足をこわごわ見る。

と、そこには、一匹の子猫がいた。

まだ生まれて一ヵ月ほどしか経っていないだろう。手のひらに乗るほど小さく、白と茶色が混ざった、雑種を絵に描いたような毛並みだ。ただ、尻尾だけは、ふさふさと長く、やたらに立派である。

ニャアアア。

確かにさっきから聞こえていた「赤ん坊みたいな声」は、この子猫が発していたものらしい。おそらく、三人の足音と気配に怯えて、逃げ回っていたのだろう。

「何だよ、猫か……。こちとらもうちょっとでチビるとこだったぜ」

伊月は、思わずそのまま仰向けに地面にひっくり返る。まだ日中に浴びた日光の熱を残し、地面はほのかに暖かい。

「あはは。タカちゃん、ホンマに怖がりやなあ。なあ、どないしてん、お前。こっち来い」

筧は懐中電灯をポケットに突っ込み、地面にしゃがみ込んだ。そして、伊月の足にまだ爪を立ててしがみついている子猫を、無骨な手でそっと抱き取った。

子猫は、今度は筧のTシャツの胸にしがみつく。ひどく怯えているらしく、両耳は頭にピッタリつくほど伏せられていた。

Tシャツの上から思いきり爪を立てられて痛いはずだが、筧は気にする様子もなかった。子猫を宥めるように、大きな手のひらで震える痩せた背中を撫でてやっている。

「可愛い。まだ赤ちゃんね」

ミチルは、ペンライトで子猫を照らし、にっこりした。筧も妙に嬉しそうに、子猫をよしよしと赤ん坊のようにあやす。

「お前らさあ、ちょっとは俺のことも構えよ！」

ひとり忘れ去られた風情の伊月は、ムッとした顔で飛び起き、服の埃を払った。こっそり、涙まみれの顔をシャツで拭うことも忘れない。

「まったく、伊月君はひどいわよねえ。こんなに可愛いのに、化け物扱いして」

ミチルはそんなことを言いながら、子猫の頭を指先で撫でた。子猫は小さく震え、尻尾の毛をホウキのように逆立てながらも、筧におとなしく抱かれている。

動物の本能で、この場で最も保護欲の強い人間を瞬時に見定めたのだろう。

「どこから来たんだろうなあ、こいつ」

小さな生き物を見ていると、いつまでも怒ってはいられない。伊月も興味深げに、子猫を見た。

「腹減ってるみたいや、こいつ。きっと家族とはぐれたんやわ。……なあ、タカちゃん」

「うん？」

篁は、伊月を見て、やけに真面目な顔で言った。

「僕、こいつ連れて帰ろうと思うねんけど、どうかな」

伊月は面食らって目をパチパチさせた。

「どうってお前……。そりゃ、お前の家だから、好きにすりゃいいけど。飼うのか？」

篁は、キッパリと頷く。

「ここで会うたんも何かの縁やし、また捨てていくなんて可哀相やんか」

伊月はふむ、と頷く。篁は、ふと不安げな顔つきになった。

「せやけど、よう考えたら僕は留守がちやから、世話はタカちゃんに手伝ってもらわなアカンかも……。大学の近くやし、僕が帰られへんとき、餌だけやりに来てくれへんかなあ」

筧だけならまだしも、子猫までどことなく似通った上目遣いで自分の表情を窺っているようで、伊月は焦った。

「ま……まあ、い、いいけど」

戸惑いながらも伊月が同意すると、筧は嬉しそうに猫をしっかりと抱き直した。

「おおきに、タカちゃん。ほな、お前は今日からうちの子やで～」

「あら。いきなり筧君ちに家族ができちゃったわね」

ミチルがおかしそうにクスクス笑う。そして、ペンライトで墓地の出口を指して言った。

「そろそろ帰りましょう。猫に餌もやらなくちゃだし、お互い、明日も仕事だし」

伊月も腕時計をチラリと見て、目を見張った。もう、日付はとうに変わっている。

「うへえ。もうこんな時間かよ。たまんねえな……帰ろうぜ」

そこで、一同は墓地を出て、筧の車でとりあえず大学に戻ることにした。

驚いたことに、教室にはまだ都筑がいた。

「都筑先生！　いったい何してらっしゃるんですか？」

ミチルに開口一番、咎めるような口調で問われた都筑は、苦笑いして答えた。

「そら、ご挨拶やなあ。また部下が知らんとこで無茶やってへんかと、気が気やなかったんやけど、僕は」

「……あ。すみません」

伊月とミチルは、顔を見合わせ、肩をすぼめて都筑に頭を下げた。筧も慌ててそれに倣う。

「あのう、僕もいろいろご迷惑かけてしもて。すんませんっ」

口々に詫びる三人に、都筑は、身体のわりに大きな頭を振って、呆れたように言った。

「君ら三人が、えらいもん掘り当てたおかげで、万事結果オーライや。今回に限っては、それに免じて越権行為は許そうと思てる」

どうやら、都筑はもう怒ってはいないらしい。三人はホッと胸を撫で下ろした。

「せやけど、あんまり僕の寿命を縮めんといてや」

さすがにそんな小言を口にしつつ、しかし都筑は笑って言った。

「君ら、腹減らして帰ってくるやろと思て、夜食用意して待ってたってんけど」

見れば、セミナー室のテーブルの上には、大きな寿司桶が一つ。それを見た伊月が、素直な歓声をあげた。

「うお、寿司だ寿司！　豪勢だなあ……。ありがとうございます、教授！」

「まあ、君ら今回は、言うなればお手柄やったからな。奮発したったで。筧君も食べていき……と、そら何や？」

都筑はニコニコと筧を差し招き、ふとその腕の中に大事そうに抱かれた子猫を見て、小さな目をパチパチさせた。

筧は、ちょっと照れ臭そうに答えた。

「すいません、現場で猫拾いまして。僕んちで飼おうと思てるんです」

「ほほう。せやけど君、墓場でもの拾うてきたらアカンて、子供の頃、お母ちゃんに叱られんかったか？」

「うわ、そういえば」

「それはお供え物のことでしょう、都筑先生。気にすることないわ、筧君。それより、猫にミルクやらないとね」

都筑の冗談に引きつる筧の肩をポンと叩き、ミチルはさっさと冷蔵庫から低脂肪牛乳のブリックパックを取り出し、マグカップに半分近く注いで水を少量加えた。それを電子レンジで少しだけ温め、伊月が実験室から持ってきたシャーレに注ぐ。

「本当は子猫用のミルクがいいんだけど。とりあえず今夜だけはこれで我慢してね」

よほど腹が減っていたのか、それを床に置くなり、子猫は必死に音をたてて舐め始めた。

筧は、自分の空腹も忘れ、嬉しそうに猫の傍らにしゃがみ込んでそれを見ている。

伊月は、こいつがこんなに子煩悩だとは知らなかったと呟きつつ、どっかと椅子に腰掛けた。寿司をつまみながら、筧のすっかり猫背になった背中に問いかける。

「なあおい、筧。そいつの名前、どうすんだよ？　もう決めてんのか？」

「名前？　まだ考えてへんけど……そや、タカちゃんつけたってや」

「俺が？」

振り向いた筧に笑顔で頼まれ、伊月は面食らったように海老の尻尾を口から出したまま目を見開く。

自分も伊月の向かいに腰掛けて巻き寿司を頬張り、ミチルは悪戯っぽく笑った。

「責任重大じゃない、伊月君。いい名前つけてあげなきゃ」

「うーん……そうだなあ」

海老の次は鯛、そしてイカ、マグロ……と次々と口に放り込んだところで、伊月はよし、と手を打った。

「決めた。今日から、こいつの名前は『ししゃも』だ！」

「ししゃも!?」

筧とミチルと都筑の三重唱が、その名を叫ぶ。子猫はびっくりしてシャーレから顔を上げ、耳をピンと立てた。

伊月はそんな子猫を抱き上げ、得意げに胸を張る。

「見ろよ。こいつは気に入ったみたいだぜ、この名前。なあ、ししゃも」

おそらくは腹がくちくなったからだろうが、子猫は、おとなしく伊月の膝に乗り、食後の毛繕いを始めた。

「い……いいけど、どうして『ししゃも』なの？　もっとこう……何て言うか」

呆れ顔のミチルの呟きに、呆然と立ち尽くす寛も、こくこくと頷く。

伊月は、機嫌よく猫の背中を撫でてやりながら答えた。

「俺が、居酒屋でいちばん好きなメニューだから。猫だって好きでしょ、ししゃも」

「……多分ね」

ミチルは投げやりに同意して、寛を見た。

「ま、本人も気に入ってるようだから、いいんじゃない？　ししゃもで。慣れれば可愛い名前かもよ。それより、寛君も掛けて。お茶淹れてあげる」

「あ、すいません」

ミチルが席を立つのと入れ替わりに、筧は伊月の隣に腰を下ろした。

ミチルは、魔法瓶の湯を冷ましつつ、人数分の茶葉を急須に振り入れる。

その音を背中に聞きながら、都筑は目の前で子猫と戯れる幼なじみコンビを見遣った。

「ええもんやなあ……。あんな事件のあった墓場で、新しい命を拾うてくるとは。何や、命は巡るっちゅう説を、信じたくなるわな」

しみじみと呟かれたそんな言葉に、伊月と筧は顔を見合わせ、なんとも言えない表情で子猫に視線を移す。

子猫は、片手で顔を擦りながら、にゃあ、と一声鳴いた。

ふう、と溜め息をついて目を閉じた都筑は、やがてボソリと呟いた。

「前の世を　知りたる顔の　子猫かな……と。こいつは誰の生まれ変わりなんやろな」

飯食う人々　おかわり！

——*Bonus Track*——


「は？　一人暮らしでいちばんめんどくさいこと？」

実験室で、血液サンプルを遠心分離機にセットする手を止め、ミチルは上半身を捻《ひね》るようにして振り返った。

彼女に質問を投げかけた伊月は、実験室の大きな机の天板にアルコールスプレーをぷしゅぷしゅと吹きかけている。これから、ミチルがホルマリン固定済みの組織を切り出す作業をするので、その準備をしているのである。

「そうっす。ミチルさん、一人暮らしじゃないですか。家事とか、何がいちばんめんどくさいかを訊《たず》ねるには最適な人かなって」

「めんどくさいことなんて、山ほどあるわよ」

「そりゃそうでしょうけど、めんどくさ度の高い奴から挙げてみてくださいよ」

ミチルはマシンに向き直り、作業を続けながら返事をした。

「何？　ついに叔父さんの家を出て、一人暮らしを始めるつもりなの？」

「や、そういうわけじゃないです。ありがたいことに、叔母が張り切って世話を焼いてくれるもんで、急に出て行くって言ったら、気落ちするんじゃねえかなって」

「あー。伊月君のそういう優しいとこ、いいと思う。でも、じゃあ、なんで？」

ミチルはきっちりバランスをとってサンプルをマシンにセットし終えると、時間をセットしてスタートボタンを押し、今度は身体ごと振り向いた。

伊月はまんべんなく濡らした机の上をペーパータオルで拭きながら、ちょっと照れ臭そうな笑みを浮かべた。

「ほら、ししゃもの世話で、俺、よく筧んちに行くようになったじゃないですか」

先日、深夜の霊園で拾われ、伊月によって「ししゃも」と命名された子猫は、筧宅のペットとなった。しかし刑事という仕事上、筧は帰宅時間がまちまちなので、伊月が世話を積極的に手伝っていることは、ミチルも聞いて知っている。

「ああ、毎晩のように行ってるんでしょ？」

「ほぼ行ってますね。筧の奴、なんだかんだ言って帰るの遅いことが多いし、ししゃもはまだ子猫だし、飯の心配がどうしてもあるじゃないですか。多めに置いたら、大変なことになりますしね」

「子猫ってそんなわんぱくな感じ？　ごはんの器、引っ繰り返しちゃうとか？」

「わんぱくもわんぱく、器も引っ繰り返しますけど、もっと大きな問題があって」

「何？　猫には詳しくないけど、賢い生き物なんじゃないの？」

ミチルの素朴な疑問に、伊月は酷い顰《しか》めっ面《つら》になった。

「賢いの方向性が違うんですよね。こっちがやってほしくないイタズラなら無限に思いつくんですけど、子猫だから根本的なところでバカっていうか」

「っていうと？」

「飯をたくさん置くと、いっぺんに根こそぎ食って吐いちゃう、みたいなことになるんですよ。ヤバいんで、一食分しか置けないです」

その光景を想像したのか、ミチルは伊月のいる実験机に歩み寄り、眉をハの字にして同意した。

「確かに、それはダメね。飼い主のネグレクトになっちゃう。それで、子猫って、一日に何度もごはんを食べるの？」

「んー、ししゃもはそこまでのチビじゃないんで、朝晩メイン、あと昼間に軽くって感じですね。昼は、俺か筧が空き時間に行って食わせてるんで大丈夫です」

通りすがりにそれを聞いた臨床技師の森陽一郎が、両手で培地用シャーレの詰まった段ボール箱を抱えたまま、サラリと口を挟んだ。

「なるほど。最近、午後に用事があって探しても、伊月先生の姿が見えないことがあるのは、そういうことでしたか〜。猫ならしょうがない」

「うっ」

「猫ならしょうがない」

澄ました顔で念仏のように繰り返しながら、薬品棚の向こうに去って行く陽一郎を見送り、伊月は微妙な顔で直属の上司、もとい指導教官の顔を上目遣いに見た。

「ミチルさんも？」

「猫ならしょうがない」

見事に表情を消した顔で平板に同じ台詞を口にしたミチルは、そのままの勢いで付け加えた。

「……と、教授どのも復唱してくれるかどうかは知らない」

「う」

「でもまあ、伊月君は院生なんだし、お給料をもらう立場じゃないんだから、そこは堂々と行けばいいんじゃない？　別に告げ口するつもりはないわよ」

それを聞いて、伊月はホッと胸を撫《な》で下ろす。

「よかった。俺と違って、筧は言うほど空き時間なんかないんで、たいてい俺が行くんすよ。だから、ダメって言われたら、あとは同伴出勤しかねえなって思って」

「それこそダメでしょ。エクストリームに端くれとはいえ、医療機関よ」

「ですよねえ」

喋りながら、伊月は組織切片を作るための道具が詰まった段ボール箱を机の下から引っ張り出し、器具を並べ始める。

ミチルは、いったん実験室を出て行き、ほどなく、丸い大きな密封容器を三つ積み上げて抱え、戻ってきた。

容器の中には、たっぷりのホルマリン液と、その中でじっくり固定された人体の内臓組織が入っている。

司法解剖時に採取した組織は、こうして固定後、病変部や損傷部を切りだし、薄切後に染色をかけ、組織標本を作成するのである。

手袋をはめ、ホルマリン液からまずは腎臓を取り出しつつ、ミチルは口を開いた。

「で、一人暮らしでいちばんめんどくさいこと、結局、どうして知りたいの？」

伊月は、ミチルが切り出した切片の記録をつけるため、大学ノートを広げながら答えた。

「筧んちに入り浸るようになって思ったんですけど、筧の奴、あんなに忙しいのに一人暮らしで、家事を全部自分でやってるわけじゃないですか」

「そりゃそうでしょうね」

「そこに猫の世話まで加わったわけだから、大変だろうなって。だから、俺、今はししゃもの相手だけしてますけど、なんかこう……」

「あら、家事を引き受けようってこと？」

ミチルは脳刀で大きく切り出した組織を、メスでさらに小さく薄く切断しながら、からかい口調で問いかける。

伊月は子供のように口を尖らせて言い返した。

「俺、家事とかよくわかんないですけど、まあ、あいつが迷惑しない程度にやれることがあれば、めんどくさい度の高い奴からやってやろうかなって。どうせ、ししゃもを見てる時間、暇ですしね」

「それは、いい心がけよね。まあ、トップオブめんどくさいは洗濯」

伊月は我が意を得たりと指を鳴らす。

「やっぱそれか！」

「洗濯機を回すまではいいけど、干すのと畳むのが嫌」

「なるほど～。それなら、俺にもできるな。たぶん」

「今は、叔母さん頼み？」

伊月は肩を竦《すく》め、ミチルがピンセットで挟んで差し出す臓器の小片を、メッシュの小袋を開けて受け取る。

「ホントは下着とかは恥ずかしいから自分で洗いたいんですけど、ついでだからって強引に。けど、実家では、母親が忙しいとき、たまにやってましたから」

「そっか。あと、掃除も。夜遅く帰ってきて、掃除機をかけるわけにいかないでしょ。あと、ししゃもがいるんだから、これまで以上に掃除は重要なはずよ」

「掃除と洗濯か。俺、飯は作れねえから、やるならそのあたりっすね。ありがとうございます。今日あたり、やって帰ろう。筧の奴、気付いて喜んでくれっかな」

「きっと喜ぶわよ。私なら嬉しすぎて抱き締めちゃうかも」

「えー……。相手が筧でもミチルさんでも、それは遠慮したいかな」

「失礼ね！」

口調ほど憤慨していない証拠に笑顔のままのミチルは、ふと何かを思いついた様子で、「でも、それじゃ地味サプライズ過ぎよねえ」と言い出した。

伊月も、思わず身を乗り出す。

「確かに。じゃ、他に何かやるといいことがあるんすか？」

「あるある。やっぱさ、サプライズには古来ロマンが必要じゃない？　私の子供時代からの愛読書が、正しいサプライズのやり方を教えてくれてるのよね」

「どんな本ですか、それ。俺も、正しいサプライズ、やってみたいんですけど」

「ふふー。じゃあ、この作業が終わったら、書店まで行きましょうか」

「了解っす。そうと決まれば、さっさと片しましょう。ほら、早く切って！」

「大事なサンプルなんだから、そこは急《せ》かさないでよ」

ミチルと伊月のやりとりを、薬品棚の向こう側で仕事をしながら、聞くともなしに聞いていた陽一郎は、小さく笑って呟《つぶや》いた。

「伊月先生は学生さんだからいいけど、伏野先生は、サボりだなあ……。でもまあ、猫のお父さんにサプライズなら、しょうがない」


その夜。

日付が変わる寸前に帰宅した筧兼継は、玄関扉を開いて中に入るなり、意外と高い鼻をふんふんとうごめかせた。

「なんや、ええ匂いすんな。タカちゃん？　まだおるん？」

ししゃものために灯りは点《つ》けたままにしていってもらうので、廊下も茶の間も明るい。だが、伊月がいるときはいつも聞こえるテレビの音はしないし、返事もない。

にゃーん。

代わりに「おかえり」とでも言うように可愛い鳴き声を上げ、玄関に走ってきたのは、長いふさふさの尻尾《しっぽ》がついた小さな毛玉、もといししゃもである。

「おう、ただいま。今日も、タカちゃんが来てくれて、よかったなあ」

筧は大きな身体を折り曲げるようにして、自分を見上げる子猫の頭を撫でてやる。子猫の頭は怖くなるほど小さいので、筧の手で撫でようとすると、むしろ包み込むのに近くなる。最初は怖がっていたししゃもだが、今はむしろ気持ちよさそうに、筧の手のひらにぐいぐいと頭を押しつけた。

「よしよし。晩飯ようけ食うたか？　はよ大きゅうなってや」

子猫を片手で楽々と抱き上げて、話しかけながらダイニングキッチンへやってきた筧は、ただでさえ大きな黒目がちの目をまん丸にした。

「これ、タカちゃんがやっていったんか」

子猫に訊ねたところで返事はないが、またしても、ししゃもは筧の腕からスルリと飛び降りると、ダイニングの床の上にちょんと行儀良く座る。

子猫の傍らには、片付けてあったはずの物干しスタンドが二台、置かれていた。

ここしばらく、忙しすぎて洗濯機を回す暇がなく、相当に溜《た》め込んであったはずなのだが、ワイシャツから下着に至るまで、ことごとく洗って干されている。

「うわあ……何や若干、干し方がおかしい奴もあるけど、えらい丁寧にやってくれとるやん」

筧は感心して洗濯物を見やり、タオルの裾に触れてみた。まだ湿っているので、数時間前までここにいたであろう伊月がやってくれたに違いない。

さらにししゃもは、「ここも見ろ」と言わんばかりに、身軽にテーブルに飛び上がった。

「あ、こら。テーブルの上はあかんて言うて……うわっ！」

驚く筧の視線の先には、一人分の夕食の支度が整っていた。

茶碗には白飯を気前よく盛ってラップフィルムをかけてあり、汁物椀の中には、フリーズドライの味噌汁とおぼしきブロックがコロンと入っている。

大きな平皿の上には、キャベツの千切りとマカロニサラダ、そして大ぶりの唐揚げが五つも載っていた。

だが、飯を炊いた様子はないし、調理器具を使った形跡もない。

「確か、タカちゃん、料理はできへんて言うてたし、これは全部、わざわざ買《こ》うてきてくれたんやな。それに……」

筧は、足元に視線を落とした。

ししゃもは小さいが、長毛種の猫だけあって、とにかく毛がよく抜ける。靴下が毛だらけになるので、次の非番の日に必ず掃除機をかけようと思っていたのだが、ダイニングの床はピカピカで、今朝まであちこちにあったはずの猫毛に埃《ほこり》が絡んだ目障りなゴミが、一つも見当たらない。

「タカちゃん、掃除も洗濯も、飯の支度もしていってくれたんか。ありがたいけど、ただでさえししゃもの世話をしてもろてんのに、悪いことしたな……ん？」

再び食卓に視線を戻した筧は、テーブルの上に、大判の本が置いてあるのに気付いた。

「なんや、これ」

それは、『小公女』の絵本だった。栞《しおり》代わりのメモ用紙が挟まれたページを開けてみた筧の面長の顔に、ゆっくりと笑みが広がっていく。

それは、貧しい境遇に身を堕《お》とし、辛い生活を送る少女セーラが、夜更け、空《す》きっ腹を抱えて屋根裏部屋に帰って来ると、殺風景だった部屋が快適に整えられ、テーブルの上には美味《おい》しいご馳走がたっぷり用意されている……という、最高にハッピーなサプライズのシーンが描かれたページだったのだ。

伊月がミチルから、「正しいサプライズの指南書」としてこの物語を教わったことなど、筧には知る由もない。それでも筧には、伊月が彼を驚かせるために、この物語を参考にしたことが、とても「らしい」と感じていた。

「なるほど。こら、えらい可愛いサプライズやなあ」

感心しきりで独りごちた筧は、テーブルの上からどこか得意げに見上げてくるししゃもを再び抱き上げ、照れ笑いで言った。

「僕は、小公女違《ちゃ》うかって、でっかい男やけど。それでも、これは滅茶苦茶嬉しい。お前もタカちゃんと共犯者か、ししゃも。ビックリさしてくれて、ありがとうな」

あーん！

大成功、と言うように、子猫は甲高い声で鳴いて、筧の頬をざらりと舐《な》める。

筧は、片手でししゃもを抱いたまま、もう一方の手で立ったまま唐揚げを一つ摘まんで頬張り、「うまい」と満面の笑みを浮かべた……。

本書は小社より、二〇〇一年六月にノベルスとして刊行され、
二〇〇九年五月に文庫版として刊行された作品の新装版です。

|著者|椹野道流　2月25日生まれ。魚座のO型。法医学教室勤務のほか、医療系専門学校教員などの仕事に携わる。この「鬼籍通覧」シリーズは、現在8作が刊行されている。他の著書に「最後の晩ごはん」シリーズ（角川文庫）、「右手にメス、左手に花束」シリーズ（二見シャレード文庫）など多数。

新装版《しんそうばん》　壺中《こちゅう》の天《てん》　鬼籍通覧《きせきつうらん》

椹野道流《ふしのみちる》

講談社文庫

定価はカバーに
表示してあります

2019年11月14日第1刷発行

発行者――渡瀬昌彦
発行所――株式会社　講談社
東京都文京区音羽2-12-21　〒112-8001
電話　出版（03）5395-3510
　　　販売（03）5395-5817
　　　業務（03）5395-3615

Printed in Japan

デザイン―菊地信義
本文データ制作―講談社デジタル製作
印刷――大日本印刷株式会社
製本――大日本印刷株式会社

ISBN978-4-06-517820-1

講談社文庫刊行の辞

二十一世紀の到来を目睫に望みながら、われわれはいま、人類史上かつて例を見ない巨大な転換期をむかえようとしている。

世界も、日本も、激動の予兆に対する期待とおののきを内に蔵して、未知の時代に歩み入ろうとしている。このときにあたり、創業の人野間清治の「ナショナル・エデュケイター」への志を現代に甦らせようと意図して、われわれはここに古今の文芸作品はいうまでもなく、ひろく人文・社会・自然の諸科学から東西の名著を網羅する、新しい綜合文庫の発刊を決意した。

激動の転換期はまた断絶の時代である。われわれは戦後二十五年間の出版文化のありかたへの深い反省をこめて、この断絶の時代にあえて人間的な持続を求めようとする。いたずらに浮薄な商業主義のあだ花を追い求めることなく、長期にわたって良書に生命をあたえようとつとめるところにしか、今後の出版文化の真の繁栄はあり得ないと信じるからである。

同時にわれわれはこの綜合文庫の刊行を通じて、人文・社会・自然の諸科学が、結局人間の学にほかならないことを立証しようと願っている。かつて知識とは、「汝自身を知る」ことにつきていた。現代社会の瑣末な情報の氾濫のなかから、力強い知識の源泉を掘り起し、技術文明のただなかに、生きた人間の姿を復活させること。それこそわれわれの切なる希求である。

われわれは権威に盲従せず、俗流に媚びることなく、渾然一体となって日本の「草の根」をかたちづくる若く新しい世代の人々に、心をこめてこの新しい綜合文庫をおくり届けたい。それは知識の泉であるとともに感受性のふるさとであり、もっとも有機的に組織され、社会に開かれた万人のための大学をめざしている。大方の支援と協力を衷心より切望してやまない。

一九七一年七月

野間省一

講談社文庫 最新刊

池井戸 潤
半沢直樹 1
〈オレたちバブル入行組〉
やられたら、倍返し！ 説明不要の大ヒットドラマ原作。痛快リベンジ劇の原点はここに！

半沢直樹 2
〈オレたち花のバブル組〉
君は実によくやった。でもな——本当の窮地は大ピンチを凌《しの》いだ後に。半沢、まさかの!?

林 真理子
大《お》原《はら》御《ご》幸《こう》
〈帯に生きた家族の物語〉
着物黄金時代の京都。帯で栄華を極めた男と父に心酔する娘を描く、濃厚なる家族の物語。

中山七里
悪徳の輪舞曲《ロンド》
ドラマ化で話題独占、「御子柴弁護士」シリーズ最新刊。これぞ、最凶のどんでん返し！

宮部みゆき、辻村深月、薬丸 岳、東山彰良、宮内悠介
宮辻薬東宮
超人気作家の五人が、二年の歳月をかけて〝つないだ〟リレーミステリーアンソロジー。

浜口倫太郎
AI崩壊
AIに健康管理を委ねる2030年の日本。突然暴走したAIはついに命の選別を始める。

円居 挽
原作 福本伸行
カイジ ファイナルゲーム 小説版
虚と実。実と偽。やっちゃいけないギャンブルの数々。シリーズ初の映画ノベライズが誕生！

椹野道流
新装版 **壺中《こちゅう》の天** 鬼籍通覧
搬送途中の女性の遺体が消えた。謎の後に残るのは狂気のみ。法医学教室青春ミステリー。

諸田玲子
森家の討ち入り
赤穂《あこう》四十七士には、隣国・津《つ》山森《やまもり》家に縁深き三人の浪士がいた。新たな忠臣蔵の傑作！